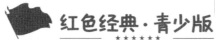

红色经典·青少版

高山下的花环

李存葆○著

长江出版传媒

长江文艺出版社

图书在版编目（CIP）数据

高山下的花环 / 李存葆著. --武汉：长江文艺出
版社，2022.11（2024.12 重印）
ISBN 978-7-5702-2609-2

Ⅰ. ①高… Ⅱ. ①李… Ⅲ. ①中篇小说－中国－当代
Ⅳ. ①I247.5

中国版本图书馆 CIP 数据核字（2022）第 049565 号

高山下的花环
GAOSHAN XIA DE HUAHUAN

责任编辑：黄雪菁　周　阳　　　　　责任校对：程华清
封面设计：笑笑生设计·张俊锋　　　责任印制：邱　莉　丁　涛

出版：长江出版传媒　长江文艺出版社
地址：武汉市雄楚大街 268 号　　　邮编：430070
发行：长江文艺出版社
http://www.cjlap.com
印刷：武汉市首壹印务有限公司

开本：720 毫米×1010 毫米　　1/16　　印张：10.375
版次：2022 年 11 月第 1 版　　2024 年 12 月第 2 次印刷
字数：99 千字

定价：25.00 元

关于军事文学的底色

人生若白驹过隙，忽然而已。自《花环》① 在《十月》刊出至今，转眼已二十二年了。翻阅当年的照片，不能不令我产生白发之叹。

《花环》在《十月》发表时，同期配发了我的近六千言的《篇外缀语》，对这部稿子，我早已无话可说了。据当时的报纸披露，全国有七十四家报纸全文连载了这部小说，五十余家剧团改编成剧目上演，有话剧、评剧、歌剧、舞剧等等。我依稀还记得，《上海青年报》在一九八三年暑假期间，用了十几个版的宝贵版面，一次将《花环》全文刊出，印了七十多万份。这之后，曾有八家出版社（其中有三家为部队出版部门）出版了《花环》单行本，累计印数

① 《高山下的花环》作者简称为《花环》，后同。——编者注

逾千万册……今天看来，这都是匪夷所思之事。

如今，当功利之心和尘俗之念急剧膨胀，当超然物外的文化想象力日渐萎缩，当英雄的灵光已被某些人视作骗子的烟雾，当悲壮的故事已变为明日黄花，我再重谈《花环》，实是惹人见笑了。的确，由于受时代的局限，也由于我艺术功力的不足，《花环》在人性开掘，在文化底蕴等诸多方面，都不难看出它的缺憾。但是，我们发现，近些年来，军事文学又日渐繁荣，一大批反映各军兵种、军队各个历史时期生活的电视连续剧赢得了众多的观众，有十余部称得上优秀军事文学的长篇小说，不仅吸引了评论家的目光，也颇受广大读者欢迎。由此，我想到：军事文学的魅力仍在于它英雄主义的底色。

自人类伊始，英雄主义就存在并被人类所崇尚。最初，仅是缘于生存的艰难和生存的渴望，因为命运总是格外眷顾那些勇敢和充满生命张力的个体和群体。英雄主义成为一种价值判断和道德规范，是在人类建立了有序且动荡的社会体系，尤其是国家和领土的概念出现之后。莎士比亚说："勇敢是世人公认的最大美德，有勇的人是最值得崇敬的。"他还说："感发人心的忠勇，可以使一根纺线竿变成一柄长枪。"英雄主义历来是人类文明和人的精神的主旋律之一。当人类以审美的眼光看待英雄主义的时候，它已经以集体记忆中的一份组成，而被编码融进人类生命的基因中了。

国家不同，民族不同，英雄主义的内涵当然不会完全一样。但没有一个国家，没有一个民族不倡导他们的军队和人民，去为自己的国家和民族的利益而献身的。就拿以现代科技虎视并称霸世界的美国军队来说，在当今战争中追求的是零伤亡，但他们在酷似实战的日常训练中，每年都有数千名士兵献出生命。

英雄主义始终是我国军事文学创作最绚丽夺目的一个主题。这是由军事文学特别是战争文学的特性所决定的。血与火的战争中，常常能把人生最严肃的命题，诸如国与家、群与己、誉与毁、理与欲、浮与沉、生与死……统统集中摆放在你的面前，让你做出抉择；血与火的战场上，常把人生的经历最大限度地浓缩在一起，爱与恨、喜与悲、无畏与恐惧、高尚与卑劣等人类的一切情感也无不在战争这一特定环境下被大大强化。上述的一切，有的人在十年、五十年甚至在一生中都不见得能全部经历，而在战场上，人们只需要几天，甚至几小时几分钟内就把这些全部体味了。正义的战争也常使人的情感在瞬间发生"核裂变"，而这些情感的"爆片"上无不闪耀着英雄主义的色泽。

意志和毅力是衡量人的灵魂轻重的天平，自制力是人的美德的保障与支柱。一个没有自制力的人，很难实现有价值的人生。作为一支人民的军队，作为一个武装集团，它必然要求所有的成员具有超出常人的意志、毅力和自制力。即使在和平环境中，军队也须以它铁的纪律和艰苦的磨炼，去不断向人的意志、毅力和自制力的极限挑战，在这种挑战中，尽显英雄本色。

英雄主义是军事文学的风骨，失却风骨也便失却了军事文学的魅力。

一个没有哲学巨子的民族，是个精神瘫痪的民族；同样，一个没有伟大英雄的民族，也只是患有"软骨症"、毫无出息的生物之群。当今，我们这个英雄辈出的民族正处在历史大转折的时期，当物质的大厦遍地而矗时，我们民族精神的华殿也应巍峨齐高，这两者愈是出现反差，我们愈应呼唤英雄主义。

李存葆

二〇〇四年

目 录

引 子

记不清哪朝哪代哪位诗人，曾写过这样一句不朽的诗——
"位卑未敢忘忧国"。

——作者题记

在哀牢山中某步兵团三营营部，在赵蒙生的办公室里，我和他
相识了。

寒暄之后坐下来，便是令人难捱的沉默。赵蒙生是这三营的教
导员。他出生于革命家庭，其父是位战功赫赫的老将军，其母是位
"三八"式的老军人。三年前在对越自卫反击战中，他荣立过一等
功。三年多来，他毫不艳羡大城市的花红柳绿，默默地战斗在这云

南边陲。另外，他还动员他当军医的爱人柳岚，也离开了大城市来到这边疆前哨任职。

在未见到他之前，军文化处的一位干事简介了上述情况之后，对我说："你要采访赵蒙生，难哪！他的性格相当令人琢磨不透。他的事迹虽好，却一直未能见诸报章，原因就是他多次拒绝记者对他的采访！"

脾气怪？搞创作的就想见识一下有性格的人物！

见我执意要去采访，文化处那位干事给赵蒙生所在团政治处打罢电话，又劝我说："李干事，算了，别去了，去也是白跑路。团政治处的同志说，三天前赵蒙生刚收到一张一千二百元的汇款单，那汇款单是从你们山东沂蒙山区寄来的。赵蒙生为那汇款单的事两宿未眠，烦恼极了！"

一张汇款单为啥会引起将门之子的苦恼，这里面肯定有文章！于是，我更是毫不迟疑地乘车前往。

此时，我虽见到了他，但他一句"没啥可谈"，便使我吃了"闭门羹"。

坐在我们一旁的是营部书记①段雨国。像是为了要打破这尴尬的局面，他起身给我本来是满着的茶杯，又轻轻添进一丝儿水。

赵蒙生仍是一声不吭。他是个非常英武的军人，从体形到面容，都够得上标准的仪仗队员。显然是因为缺乏睡眠的缘故，此时他那

---

① 营部书记是做文书工作的，相当于排职干部。

拧着两股英俊之气的剑眉下，一双明眸里布满了血丝，流露着不尽的忧伤和悲凉。难道还是为那汇款单的事而苦恼？

也许他也受不了这样的沉闷，他摘下了军帽。我这才发现他额角右上方有道二指多宽的伤疤。我正琢磨着该怎样打破这僵局，想不到他竟开口了："听口音，您像山东人？"

"对，对。我老家离沂蒙山不远呢。"

"您在济南部队工作？"

"我是济南部队歌舞团的创作员。"

"那么，您怎么会来这云南……"

我连忙告诉他，三年前的初春，在总政文化部的统一组织下，我曾有幸来过这云南前线，跟随参战部队，经历了那场世界瞩目的对越自卫还击战。我这次来的目的，是想访问一些三年前在战场上涌现出来的英雄人物，如今又是怎样生活和战斗的……

"噢。"他出于礼貌点了点头。

见采访火候已到，我忙说："赵教导员，您能否给我谈一谈，您是怎样说服您的爱人柳岚同志来边疆的……"

"啥？让我瞎吹柳岚呀！那真是可悲可叹！"他连连摇头，自嘲地接上道，"柳岚回去休探亲假去了，她现已超假二十多天未归队，我们正准备打报告给她处分。小段，你证实，这可不是瞎说吧！"

书记段雨国约有二十三四岁，白皙皙的脸蛋上挂着书生气。他很是认真地对我说："对。柳军医超假已二十二天了。可她有病假条。"

"那病假条绝对是骗人的鬼把戏！"赵蒙生愤慨地对我说，"柳岚军医大学毕业后分到我们这里还不到一年，就多次嚷着要脱军装转业，说这里绝对不是人住的地方。看来，要让她继续留在这边防，那是'蜀道之难，难于上青天'！"

他说罢，又陷入了痛苦的沉思之中。

眼下是三月，我临离开济南时刚见过一场大雪，而这地处亚热带的滇边，竟是酷热难当了。屋外，树上知了的叫声响成一片，我心中涌起阵阵燥热。看来，我这次采访也将是毫无收获了。

过了会儿，他竟又开口了："既然您是从山东来的，那么，先请您看看这……"

他递给我的，正是那张一千二百元的汇款单！汇款单是从山东沂蒙山区枣花峪大队寄来的。上面写有简短的附言：

> 蒙生：这是三年多来你寄给梁大娘的一千二百元钱，现全部如数寄回，查收。

"汇款单是前天寄来的。我真搞不清梁大娘为啥把钱全部退给我……"赵蒙生用拳头捶了下头，脸抽搐着，痛苦异常。

沉默了一大会儿，他才静下心来对我说："在自卫还击战前前后后，我有过非同寻常的经历。也许有了那段经历，我才至今未离开边防前哨。"稍停，他望着我，"您要有兴趣的话，我倒可以把那段经历讲给您听听。"

我连连点头：“好。您讲吧。”

他站起来：“先请您看一下这两幅照片——”

我这才发现，他的办公桌上方的墙上，并排挂着两帧带相框的照片。他指着左边的相片说：“这张放大了的六寸免冠照，是我要讲述的故事中的主人公，他名叫梁三喜，老家在山东沂蒙山。他原是我们三营九连连长，在还击战中壮烈殉国。当时，我是九连的指导员。”

还未等我仔细端详烈士的遗容，他又指着右面那张十二寸的大照片说：“这是梁三喜烈士一家在他墓前的留影，这衣服上打着补丁的白发老人，是烈士的母亲梁大娘。这身穿孝服的年轻媳妇，是烈士的妻子韩玉秀。玉秀怀中抱着的是梁三喜未曾见过面的女儿，名叫盼盼。”

我们又坐下来。赵蒙生的表情仍很沉重。

我从旅行包里取出小型录音机，轻轻装上了磁带。然而，赵蒙生却向我摆了摆手：“别急。在我讲述之前，我得向您提出三点要求，当您认为我的要求您能接受时，我才有可能对您讲下去。”

“哪三点呢？”我轻声问。

“其一，当您把我讲述的故事写给读者看的时候，我希望您不要用华丽的辞藻去打扮这个朴实的故事。要离部队的实际生活近些，再近些。文学是要有审美价值的，而朴实本身不就是美吗？”

想不到眼前这位教导员竟如此有文学修养！他说的全乃行家之言，我当即点头同意。

"其二，当前读者对军事题材的作品不甚感兴趣。我看其原因是某些描写战争的作品没有战争的真情实感，把本来极其尖锐的矛盾冲突磨平，从而失去了震撼读者心灵的艺术力量。别林斯基说过，缺乏戏剧性的长篇小说，是生气索然而沉闷的。这话有道理。但有的作者为追求戏剧性，竟凭空编造故事，读来则更令人感到荒诞不经。这里先请您放心，我的亲身经历，本身已具备了戏剧性。不过，在我进行必要的铺垫和交代时，您开始会感到有点儿沉闷，但希望您不要打断我的讲述。我请求您耐心地听下去。您最终便会知道，这个真实生活中发生的故事，即使石头人听了也会为之动情，为之落泪的！"说罢，他望着我，"您能不加粉饰地把它记录下来吗？"

我再次点头表示从命。

"其三，在这个故事中，我和我妈妈都扮演了极不光彩的角色。您必须如实描绘生活中的'这一个'，如果您稍将'这一个'加以美化的话，这个故事不是大减成色，便是不能成立了。因此，这是三点中至关紧要的一点。"

我大感不解。

这时，书记段雨国对我说："在教导员讲述的故事中，我也是个很不光彩的角色。但我也诚恳地企望，您切莫对我笔下留情！"

呵，又出来一位"这一个"，我更不解了！

"我提的三点，尤其是第三点，您能接受吗？"赵蒙生催问我。

我急于听到下文，连忙点头同意。

以下，便是赵蒙生的讲述——

第一章

我记得非常清楚,那是一九七八年九月六日。

我离开军政治部宣传处,下到九连任指导员。我原来的职务是宣传处的摄影干事,那可是既美气又自在的差事呀。讲摄影技术,我不过是个"二混子"。加上我跟宣传处的几位同志关系处得也不太好,我要求下连任职,是他们巴望不得的事。

我不多的家当,两天前就由团后勤处的卡车捎到了九连。当团里用小车送我到九连走马上任时,我随身只带着个小皮箱。皮箱里装着一条大中华烟,还有一架"YASHICA"照相机。那架进口照相机,是我八月份回家休假时,妈妈托人给我从侨汇商店里买的。当我把公家的照相机移交之后,高兴时我还可以玩玩这"YASHICA"。

当时，九连的驻地并不在这边防前哨，离这里少说也有千里之遥。营房也是设在阒无人迹的深山沟里。

我和梁三喜及九连的排长们第一次见了面。

梁三喜两手紧紧握着我的手，煞是激动："欢迎你，欢迎你！王指导员入校半年多了，我们天天盼着上级派个指导员来！"

看上去，梁三喜是个"吃粮费米、穿衣费布"的大汉，比我这一米七七的个头，少说要高出两公分。那黝黑的长方脸膛有些瘦削，带着憨气的嘴唇厚厚的，绷成平直的一线。下颌微微上扬。一望便知，他是顶着满头高粱花子参军的。

他望着我："指导员，有二十六七岁了吧?"

我说："咱可不是'选青'对象，都三十一啦！"

"这么说咱俩是同岁，都是属猪的。"他笑着，"可看上去，你少说要比我小七八岁呢！"

"连长，你也学会'逢人减岁，遇货加钱'啦！"站在我身旁的一位排长对梁三喜说罢，又滑稽地朝我一笑，"行啦，一个黑脸，一个白脸，你俩这一对猪，今后就在一个槽子里吃食吧！"

梁三喜忙给我介绍说："这是咱连的滑稽演员，炮排排长！"

"靳开来，靳开来！"炮排长靳开来握着我的手，"不是啥滑稽演员，是全团挂号的牢骚大王！"

梁三喜接着把另外三位排长一一给我介绍。

外表比我老气得多的梁三喜，又诚笃地对我笑着说："行呀，今后你吹笛儿，我捏眼儿，一文一武，咱俩配个搭档吧！"少停，他叹口气，"咳！副连长进了教导队，副指导员因老婆住院回去探家了。这不，连里就我和这四员大将连轴转，你来了，就好了。要不然，今年我的假就休不成了！"

靳开来接上道："连长，干脆，明天你就打休假报告，争取下个星期就走！别光给韩玉秀开空头支票了，让人家天天在家盼着你！"说罢，他转脸对我，"奶奶的，连队干部，苦行僧的干活！"

看来，我的搭档们都不是"唱高调"的人。这，还算是对我的心思。

紧急集合号声骤起。那刷刷的脚步声告诉我，要让我"宣誓就职"了。

"同志们！"梁三喜郑重地把我介绍给大家，"这是新来的赵指导员！"

如雷的掌声过后，队列里鸦雀无声。

我当摄影干事时曾下连拍摄过队列照片，但如此整齐的队列，我却第一次见到。四行队伍成四条笔直的一线，个个收颌挺胸，纹丝不动。连队是连长的镜子，我顿时觉得梁三喜可能是位带兵极严的连长……

"同志们，赵指导员是主动要求下到我们九连的！他从大机关里来，文化高，有水平！"他用威严的目光扫视了一下队列，与适才那轻言慢语的声调判若两人，"同志们不要有丝毫的误解，赵指导员既不是下连带职锻炼，更不是到这里来体验生活的，上级正式任命他为我们九连的指导员！他的行李和组织关系等等，全一锅端来了！

今后，大家遇事要向他多请示，多报告。军人嘛，服从命令是天职，大家要坚决服从指导员的指挥！请指导员讲话。"

掌声又起。可爱的士兵们鼓掌也总是拿出拼刺刀的劲头！

"同志们！我……水平不高，我缺乏经验，我……愿和大家一起，把咱连的工作搞好。我……讲完了。"

我本是个侃侃而谈的人，但众目睽睽之下，我的"就职演说"却是如此简短。全连解散后，我仍觉得脸上热辣辣，心跳如鼓。柯涅楚克在《前线》一剧中塑造了一个绝妙的艺术典型客里空，眼下我在生活中正充当着客里空的角色。但我又缺乏客里空的演技——撒起谎来可以百倍认真而心不跳、脸不红。

演戏，我分明是在演戏！滑稽剧，恶作剧，还是真正的悲剧？指导员——党代表，我是在亵渎这神圣而光荣的称号啊！

有些城镇入伍的战士把参军当成"曲线就业"，我甘愿从军机关下到九连任职，玩的是"曲线调动"的鬼把戏。

我出生于军人之家。授衔时爸爸是少将，妈妈是中校。记得我上四年级时，我曾跟一位同龄的伙伴，为争论谁爸爸的官大而大动干戈：

"赵蒙生，别瞎吹，再吹你爸爸也是一个豆！俺爸爸是'双铁轨'，四个豆！"

"'双铁轨'顶啥用！"我反驳说，"我爸爸一个豆是金豆，是将军豆！你爸爸四个豆是银豆，是校官豆。银豆比起金豆来，差远了！"

"你瞎吹！"

"瞎吹？你回去问问你爸爸，我爸爸让他立正，他不敢稍息！"……

于是乎，拳来脚往，俺俩打得不可开交。

这事让我爸爸知道了，我挨了爸爸一顿好揍，我从来没见爸爸发那样大的火。我哭着到妈妈怀中撒娇，谁知妈妈竟也一把推开我，让我站好，严厉地训斥我："什么官不官的，官再大也是人民的勤务员！记住，你是红军的后代，长大了要为人民服务！"……

那阵儿，爸爸妈妈对我要求极严。他们坐的小车从来都不让我坐，我穿的衣服也是姐姐穿下来之后改做的。妈妈经常给我讲述战争年代的艰辛生活和英雄人物，还有意识地给我买些这方面的画书。我印象最深的是《卓娅和舒拉的故事》，还有盖达尔的《帖木尔和他的伙伴们》。读了之后，我和小伙伴们便像帖木尔那样去做好事：清晨送身残的同学上学，放学后给烈军属买粮食，大冬天到教室里帮助工友生炉子。每逢暑假，老师便带我们到郊外过夏令营。面对熊熊燃烧的营火，我们憧憬着未来，崇拜卓娅和舒拉，更崇拜董存瑞……

六五年军衔取消了。然而，用童心可以拥抱生活的岁月却变得浑浊了。

六七年我参军时，爸爸已被关押起来。几经交涉，妈妈领我见到爸爸。妈妈悄声对爸爸说："总算有门路了，蒙生可以当兵了！"

爸爸从铁栅栏里伸出手，颤抖地抚摸着我的脸："孩子，莫哭，战士有泪不轻弹嘛。去吧，到有枪声的地方去锻炼！要记住你为啥叫蒙生，要记住你是军人的儿子！"

就这样，我来到了这个军。这个军是当年从山东南下过来的。军、师、团三级现任领导中，不少人是我爸爸的老部下。我曾洒泪感激正直豪爽的军中前辈，在爸爸蒙难之时，他们念及战争岁月的生死之交，对我精心关照……

十年动乱，摧残了多少人才。权力的反复争夺，又使多少人茅塞顿开，学得"猴精"呀！人为万物之灵，极具谋求生存的本领，是适应性最强的动物。在那你死我活的政治漩涡中，心慈的变得狠毒，忠厚的变得狡猾，含蓄的变得外露，温存的变得狂暴……造物主催化万物的奥妙，是在一个"变"字呀！

职位再高的人也是人，人都具有可塑性。妈妈本是军区卫生部副部长，不知从何时起，她已像"外交家"一样极善于周旋了。当五千年古国文明史上首屈一指的"演员"林彪摔死之后，我爸爸"华野山头黑干将"的问题澄清了，又恢复了职务。妈妈的"外交才华"，更是熠熠生辉……

妈妈的"外交内容"事无巨细，颇为繁杂。比如为老战友搞些难搞到的药品啦，补养品啦；又如哪位老同事想当候鸟，随着季节的变换要由北去南或由南去北疗养啦，妈妈便不遗余力地挂长途电话联系，把求上门来的老同事安排到称心之地……最能体现妈妈"外交才华"的是送女同胞参军。那阵儿，城里的父母们一面高呼"广阔天地，大有作为"，一面却在为子女们苦苦寻求出路。尤其是女孩子，不管是高墙深宅的闺秀还是普通人家的千金，大都把穿上军装当作梦寐以求的最高理想。我的姐姐是六二年凭考分进了上海军医大学的，用不着妈妈再操心。我的两个妹妹是同一天穿上军装的，我们家一下便成了"全家兵"……

有人暗中估算过，说通过我妈妈的关系穿上军装的姑娘，足能编一个"红色娘子军连"。这实在太夸张了。我了解实情，妈妈送走的女兵也就是十几个，最多能编两个"娘子军班"。

"送走几个孩子当兵犯什么法？保卫祖国是她们神圣的权利和义务！"妈妈常在人面前这样说，"现在北极熊到处挑衅，当兵是去准备流血牺牲的！杨家将，一齐上。打起仗来，让你们瞧瞧俺赵家的全家兵！"

我当然不再相信妈妈的话是出自内心。但我却常常为有妈妈这样的大树作为荫庇，感到莫大的幸福和自豪！

然而，大也有大的难处。因我爱人柳岚上大学的事，妈妈竟遇上了难劈的柴。

七七年夏天，S军医大学来我们军招生。名额只有两个，原则上是通过推荐和考试择优录取。柳岚在军门诊部工作，妈妈费了好大的劲才使柳岚刚刚由护士提升为医助，这时，她又想上大学。于是，远在外军区的妈妈打长途电话来，把柳岚推荐上了。参加考试的有二十多位"娘子军"，柳岚考了个倒数第三，却被录取了。"娘子军"可是不好惹，一旦她们发现自己仅仅是些"陪衬角色"时，她们联名写信到处揭发，说柳岚提医助就是走的关系，这次上大学又走后门。什么"这次招生根本不是才华与智慧的选拔，而是权力与地位的竞争"，言辞尖刻得很。有人提出要组成联合调查组，揭开这次招生的内幕，坚决把柳岚追回来……

妈妈接到我的告急电话之后，像基辛格往返中东搞穿梭外交那样，火速赶到军里。

听我说明事态后，妈妈显得有点紧张，但转眼便神态自若。她带着我，先后看望了爸爸的两位老部下。

"……老干部活到今天容易吗？是不是有人嫌我和蒙生他爸挨斗挨得还不狠，受罪受得还不够？是不是军里有人生个法子想整我们？群众有情绪，可以开导教育嘛。柳岚的事我是不管，你们看着办！"临别，妈妈朝对方笑了笑，"哎，忘了对您说了。您那老三在我们军区司令部干得很出色呐，群众威信蛮高哚，听说快提副科长了。"

妈妈对爸爸的另一位老部下说："……柳岚考试分数是低了点，那还不是十年动乱造成的！她爸妈都是地方干部，前些年受的罪更是三天三夜也说不完。正因为柳岚文化差，才更应该让她上大学深造嘛！不然，没有过硬的技术，怎能让她更好地为人民服务！这些话，你们当领导的得出面给同志们解释呀。"临别，妈妈握着对方的手，"呃，忘了跟您报喜了。您那四丫头在我们总院内二科，根本不用人操心，全凭自己干得好，前几天已入党了。对了，她可是到了找对象的年龄了。可怜天下父母心。这种事，我这当大姨的是得给你们老两口分点忧哪。放心，你们放心。"

一切都在谈笑之间。既不像低级说客那样赤裸裸地进行交易，更不像小商贩那样为头高头低去煞费苦心地拨弄秤砣。然而，我却深悉妈妈话中的潜台词："外交关系"按惯例都是对等的，有来无往非礼也！

柳岚的事总算平息下去了。

前两年要不是活动和等待柳岚提升医助，我和她早就调回爸妈身边去了。当柳岚上大学之后，我的调动便列入了妈妈的"议事日程"。

谁知这时，人称"雷神爷"的雷军长在十年靠边站之后，又重新回到军里任军长了！

对他的到任，我曾喜出望外。因为妈妈给我讲过，在抗日战争期间，她曾拼死救过"雷神爷"的命。现在只要你"雷神爷"点个头，我赵蒙生可以大摇大摆地调回去！

哪知"雷神爷"一到军里，便电闪雷鸣，喊里喀喳，又是搞党委整风，又是抓机关整顿，那架势，即使是亲娘老子他也不买你的账！

团以下干部跨军区调动，在过去是极为罕见甚至是没有的事。可这些年，战士跨军区调动也不是奇闻了。按说，连职干部的跨军区调动，也是需要通过军区干部部的。可某些单位为了给某些人以方便，连职干部从师里便可直接调往外军区。这当然是违犯规定的。鉴于这种情况，有人在电话上给我妈妈出点子，说我要想调回去，得赶紧离开军机关，躲开"雷神爷"，千万不能在"雷神爷"眼皮底下干这种事！

干部处的花名册告诉我，这九连的指导员是空位。于是，通过关系，我便冠冕堂皇地来上任了。

这一切，连长梁三喜还蒙在鼓里呢！

吃过午饭，他领我围着营房到处转，看了连队的菜地、猪圈、豆腐房。边看他边给我当解说员。当他安排完下午各排的训练课目后，又回到连部给我介绍整个连队的思想状况……

他真的把我当成来九连扎根的指导员了！我俩面对面坐着，他轻言慢语地说，我装模作样地在小本上记……

不过，客里空的角色很难扮演，我真不知道这"曲线调动"的戏该怎样收场！

第二章

　　熄灯号响了。我和梁三喜隔着一张办公桌，各自躺在自己的铺上。

　　他告诉我：明天是星期二，早操课目是"十公里全副武装越野"。还说我乍从机关来到连队，怕一时难适应紧张的生活，他让我越野时只带上手枪就行，背包啥的就不必带了……

　　九连执行全训任务，是全团军事训练的先行连。步兵全训连队，往往比搞生产和打坑道的连队更艰苦，更消耗体力。对此，我当时既不甚了解，也没有吃大苦的思想准备。

　　我睡得正酣，猛觉有人在晃动我。听声是梁三喜："指导员，快，吹号了！"

我一骨碌爬起来，懵懵懂懂摸过军装穿上。想打背包也谈不上了，我连衣服扣儿都没顾上扣，提起手枪就蹿出连部。我已尽了最大努力，自认为动作也够麻利的了。可赶到集合点一看，梁三喜早已带着披挂整齐的战士们，像一队穿山虎一样嗖嗖远去了……

"指导员，连长让我留下等你。"说话还带着又尖又嫩的童音的司号员金小柱，边跑边不时回头呼唤我，"指导员，我认识路，快！"

启明星还没隐去，眼前黑魆魆的。蜿蜒山道，崎岖不平，看不清哪处高，哪处低。跑着跑着，我脚下打了个滑，一头摔倒了。全副武装的小金，不得不折回身来拉起我……

我在军机关里散漫邋遢是挂了号的。我天天早晨睡懒觉，有人开玩笑说我是政治部里的"一号卧龙"。我从来赶不上在机关食堂里吃早餐。柳岚从营养学的角度多次对我说，早饭特别重要。我也曾研究过人体每天需要多少热量，当然不会让自己的体内缺乏营养。每天睡足之后爬起来，先来一杯浓浓的橘子汁，再来两块美味巧克力或蛋糕啥的……咳！我"一号卧龙"啥时吃过眼前这种苦！不过，为了装装样子，我得咬紧牙关坚持一番……

当我跟在司号员小金身后，上气不接下气地爬到一架大山的半腰，离山顶还有一大截子路时，梁三喜已带着全连返回来了。

他在我面前停下，轻声对我说："比上次越野，又提前了两分多钟到达山顶。"

汗水已浸得我眼也睁不开。我抬起右臂用袖子抹了下脸，发现他携带着背包、挎包、手枪、水壶、小铁锹、指挥旗、望远镜等全副装备；另外，身上还挂着两支步枪，肩上还扛着一架八二无后坐力炮筒。

想不到这"瘦骆驼"样的连长，真能"驮"！

这时，三个掉队的战士赶到他身边，很难为情地把该属于他们携带的铁家伙，从连长身上取走了。

全连一个个都像刚从河里捞出来一般。梁三喜让炮排长靳开来头前带队，他和我走在队伍的后面。

"别着急，慢慢就适应了。"他谦和地对我说，"人嘛，总是各有所长。今后，军事训练方面我多抓些，你集中精力抓思想方面的工作。"

看来，他是个很能宽容人的人。

"行。"我有点受感动，点头答应着。

我身上仅带着一支手枪，返回连队途中，却直觉得双腿像灌满了铅，身子像散了架。出现了低血糖症状，热量已消耗殆尽。

后来，我精确计算过，在全副武装越野时，连里步兵班战士的负重尚不值得惊叹，八二无后坐力炮班的战士，每人负重是八十九斤！他们如牛负重，还得像战马一样火速驰骋，拼命冲杀呀……

在我下连之前，连里已进行了两周时间的轻武器射击预习。按规定，连里的干部也要参加射击考核，并须掌握本连的各种武器。

我既怕打得太差丢人现眼，也想过一次"枪瘾"，便耐着性子和战士们一起，胸贴大地背朝天，苦苦地熬了三天。

星期五这天，第三季度轻武器精度射击考核开始了。

梁三喜第一个上阵，取得了"全优"成绩。然而，战士们谁也没有感到惊讶。看来，这是连长的拿手戏，大家早已多次目睹。

我过去喜欢拨弄手枪，那不过是玩新鲜，眼下却使我没丢大丑。手枪射击我"猎"了个良好，除了轻机枪射击不及格，别的都及格了。

梁三喜脸上漾着笑："指导员，你还行哩！就预习了三天，不错，打得还算不错！"

接着，从一排开始逐班进行考核。一班、二班打得很理想。临到三班打靶时，战士段雨国八发子弹，只打了十七环……

讲到这，赵蒙生转脸对段雨国："喂，小段，你当时是个啥形象，你自己塑造一下吧。"

段雨国朝我笑了笑，说："说起我当时的形象，那真是令人啼笑皆非。我是从厦门市入伍的，爸爸是工艺品外贸公司的经理，妈妈也在外事口工作。我当时哪能吃得了连队生活的苦哇！因我读过几部外国小说，便自命是连里的才子，甚至还曾妄想要当中国的雨果。我当时尤其看不起从农村入伍的兵，说他们身上压根没有半个艺术细胞，全身都是地瓜干子味。结果，大家便给满身'洋味'的我起了个绰号——'艺术细胞'。连里所有的人都不在我眼里。一次，王指导员给全连上政治课，我在下面听我的袖珍收音机，使课堂骚动不安。王指导员让我站起来，命令我关死收音机。我当即把收音机的音量放得更大，并油腔滑调地说：'听，这是中央台，是党中央的伟大声音！怎么，不比你指导员那套节目厉害得多吗?'……仅此一事，您就能想象出我当时是个啥德行！好啦，在这个故事中，我是一个很次要的小角色，还是让教导员接下去对您讲吧。"

赵蒙生淡淡一笑，继续讲下去——

当时，三班战士围着小段，一片讥讽。

"喂，请问'艺术细胞'，你把子弹艺术到哪里去啦？"

"新兵老秤砣，每次打靶都拽班里的成绩！"

"呸！这种玩艺还叫人，脸皮比地皮都厚！"

"嘴干净些！"段雨国抹了把他那在全连里唯一的长头发，用蔑视的目光望着众人，"不就是飞了几发子弹嘛，老子不在乎！再说，打不准也不怪我，主要是枪不好！"

梁三喜走过来："你的枪咋不好？"

"不好就是不好呗，准星歪了！"段雨国挑逗般地望着梁三喜，"怎么，能换支枪让咱再打一次吗？也像你们连干一样，过过子弹瘾！"

梁三喜那厚厚的嘴唇嚅动了几下，我猜他必该动怒了。

然而，他二话没说，一下从小段身上抓过那支步枪，把八发子弹压进枪膛。他没有卧倒在靶台上，举枪便对准靶子，采用的是更见功夫的立姿射击。

一声哨响，靶场寂然。

"叭！叭！叭叭……"他瞬间便射击完毕。

战士们眼睛不眨望着正前方，等待报靶员挥旗报靶。只见报靶员从隐蔽处跃到靶子前瞧了会儿，扛起靶子飞也似的跑过来……

"让……让中国的雨果先生……"报靶员气喘吁吁，"自己瞧瞧！"

战士们围着靶子，欢呼雀跃："七十八环！七十八环！"

"喂，'艺术细胞'，瞧瞧这是不是艺术呀！"

"可爱的雨果先生，过来，过来瞧瞧哟！"

面对战士们的讥笑，段雨国原地不动，故意把头歪在一边："打八十环也没啥了不起！"

"你说啥?!"随着一声吼，只见炮排长靳开来拨开围成圈的战士们，像头发怒的狮子闯在段雨国面前。

靳开来中等偏上的个头，胖墩墩的。眉毛很浓，眼睛不大，眼神却像两道闪电似的，又尖又亮。他周身结实得像块一撞能出声的钢板，战士们说他是辆"轻型坦克"。他用两个指头点着段雨国的鼻尖儿："段雨国，又有啥高见，冲我靳开来说！"

段雨国眼皮一耷拉，不吱声了。

"说呀！"靳开来把两个指头收回，攥成拳头，"亏你段雨国不在我炮排！要是你在我炮排，两天内我不治得你'拉稀'，算我不是靳开来！"

是慑于"轻型坦克"的威力，还是识时务者为俊杰？段雨国乖乖地低下了头……

第三章

风吹日晒，摸爬滚打，我好不容易熬到星期六。

晚上，团电影组来连队放电影，片子是老掉牙的《霓虹灯下的哨兵》，我懒得去看。司号员小金帮我从伙房提来一大桶温水——再不冲个澡，我实在受不了啦！

下连六天来，尽管我流的汗水比连长梁三喜，甚至比战士段雨国都要少得多，但我的军装也是天天湿漉漉没干过。要不是昨天小金把我塞到床下的军装和内衣全洗了，眼下连衣服也没得换。

冲完澡，觉得身上轻松些了。我想把堆在地上的那全是汗碱的军装和内衣涮洗一下，但双臂酸疼懒得动手。我用脚把它们踢到床底下。也许明天小金又要抢去帮我洗，那就让他去学雷锋吧……

我晓得指导员应该是个艰苦朴素的角色。下连后我把抽烟的水平主动降低，由抽带过滤嘴的"大中华"降为"大前门"之类。趁眼下没人在，我打开我那小皮箱，先看了看那架"YASHICA"照相机，又取出一盒"大中华"拆开。点上一支烟，我倚在铺上吸起来。闭上眼，那五光十色"小圈子"里的生活，又频频向我招手——

前不久，七八月份，在军医大学的柳岚放暑假，我也趁机休假了。我和她同时回到了爸妈身边，回到了那令人向往的大城市。

孩提时的伙伴和朋友，纷纷登门邀请我和柳岚，到他们那个"小圈子"里光顾一番。

在部队里，我和柳岚已被人们视为"罗曼蒂克派"，可跟那"小圈子"里的红男绿女一比，才深感自惭形秽，才知道我俩还不是"阳春白雪"，仍是"土八路""下里巴人"！

"穿'黄皮'吃香的年代早过去了，快调回来吧！"

"喂，两位'老解'，还在部队学雷锋呀，瞧瞧我们是怎样学的吧！"孩提时的伙伴们，很友好地戏谑我和柳岚。

"小圈子"里举行家庭舞会：探戈、伦巴、迪斯科、贴面舞……

"小圈子"里比赛家庭现代化：小三洋、大索尼、雪花牌电冰箱……

香水、口红、薄如蝉翼的连衣裙，使看破红尘的男女飘飘然；威士忌、白兰地、可口可乐，令一代骄子筋骨酥软……

我和柳岚眼花缭乱。她以"患流感"为由续假在家多玩了十天，我也以"发高烧"为借口晚十天才回到军里。

理性告诉我，那"小圈子"里的生活是餍足而又空虚，富足却又无聊。但本能在向往：我和柳岚完全具备可以那样生活的条件，何乐而不为！

　　……………

　　"指导员，快出来！"炮排长靳开来进屋便喊道，"来，甩老 K！"

　　听来头是电影散场了。初来乍到，出于礼貌，我摸起一盒没开封的"大前门"烟，从内屋走出来。

　　梁三喜和另外三位排长，也都进来了。大家围着四张长方桌拼起来的大办公桌坐了下来。

　　"砰"，靳开来把两副扑克按在桌上，顺手摸起我的"大前门"抽出一支，又朝桌中间一拍："指导员抽烟的水平不低，弟兄们，都犒劳犒劳！"说罢，他从口袋里掏出一盒没启封的"三七"，也朝桌子中间一放，"今晚两盒烟抽不完，这场老 K 不罢休！"

　　看来他很讲义气。我发现，这"轻型坦克"完全不是发怒时的样子了，面部表情很生动。

　　梁三喜早已点起一支小指头肚般粗的旱烟。他重重地吸了一口，说："算了吧，都挺累的，今晚上不甩了。"

　　"我知道看了这场电影，你就没心思甩老 K 了！"靳开来斜觑着梁三喜，"怎么，要早躺下梦中会'春妮'呀！"

　　梁三喜淡淡一笑，轻轻地吐着烟。

　　"指导员，你还不知道吧。要是《霓虹灯下的哨兵》在这里连放一百场，连长准会看一百次的。你知为啥？"靳开来先卖个关子，接上说，"别瞧连长这副穷样儿，命好摊了个俊媳妇。媳妇姓韩名玉秀，长得跟电影上演春妮的演员陶……陶啥来？"

"陶玉玲。"显得最年轻的一排长说。

"对。全连一致公认，韩玉秀长得跟陶玉玲似的。心眼嘛，比电影上的春妮还好。"靳开来朝我使了个眼色，"哎，你瞧，一提春妮，连长的嘴就合不拢了。"

的确，梁三喜的脸上已漾起美滋滋的笑。下连以来，我首次发现他的笑容是那样甜美。

"奶奶的！陈喜也不撒泡尿照照自己，摊上春妮那样的好媳妇还闹离婚！"靳开来仍饶有兴味地谈论刚看的电影，"要是咱摊上春妮那模样又俊、心眼又好的人当媳妇，下辈子为她变牛变马也值得！哪像咱那老婆，大麻袋包，分量倒是有！"

一排长"嘻嘻"地笑着："这话要是叫你老婆听见……"

"听见咋啦？她充其量不过是公社社办棉油厂的合同工，我靳开来的每句话，对她都是最高指示！"他说罢，抓起扑克，"不谈老婆了。来，甩老K！争上游，还是升级？"

见梁三喜和我都没有甩老K之意，靳开来把扑克又放下了。他一本正经地对梁三喜说："连长，别苦熬了，你是该休假了。"

梁三喜看看我："等指导员再熟悉一下连队情况，我就走。"

"要走你得早些走，韩玉秀可是快抱窝了。"靳开来笑望着梁三喜，掰着指头算起来，"小韩是三月份来连队的，四、五、六……

— 26 —

嗯，她是十二月底生孩子。你等她抱窝时回去，有个啥意思哟！"他诡秘地一笑，骂道，"奶奶的！夫妻两地，远隔五千里，一年就那么一个月的假，旱就旱死了，涝就涝死了！"

三位排长笑得前仰后合。

梁三喜说："炮排长呀，你说话就不能文明点儿！"

"甩老 K 你们不干，谈老婆你又说不文明。那么，这星期六的晚上怎么熬？好吧，我说正事儿。"靳开来站起来，郑重其事地对我说，"指导员，你刚来还不了解我，我正想找你谈谈心。现在当着大家的面，我把心里话掏给你。你到团里开会时，请你一定替我反映上去，下批干部转业，说啥我靳开来也得走！为啥？某些领导对咱看不惯，把咱当成'鸡肋'！鸡肋嘛，吃起来没啥肉很难啃，嚼嚼有味儿就又舍不得扔。我靳开来不想当这种角色，等人家嚼完了再扔掉！转业回去不图别的，老婆孩子在一块儿，热汤热水！算了，不说了，回去挺尸睡大觉！"说罢，"牢骚大王"扭头而去。

不欢而散。另外三位排长见老 K 甩不成，也都走了。

梁三喜对我说："炮排长这个人呀，别听说话脏些，作风很正派。他当排长快六年了，讲资格是全团最老的排长了。论八二无后坐力炮和四〇火箭筒的技术，在全团炮排长中是坐第一把交椅的。他对步兵连的战术，也是呱呱叫。管理方法虽说生硬了些，但他对战士很有感情。实干精神那更是没说的。"停了会儿，梁三喜叹了口气，"咳！这人就是爱发牢骚，爱挑上面的刺，臭就臭在那张嘴上。连里和营里多次提议，想让他当副连长，可上面就是不同意。"

我没吱声。梁三喜面部郁悒地愣了会儿神，说："以后慢慢就互相了解了。不早了，休息吧。"

我俩回到内间屋。他搬过一个大纸箱，打开翻弄着，说要找出衣服明天好换洗一下。

他连个柳条箱也没有，看来这是他的全部家当。纸箱里，他的两套军装全旧了，有一套还打着补丁。下连后我听战士们反映，步兵全训连队的军装不够穿，他这当连长的当然也不例外。我见他纸箱里有个大塑料袋，塑料袋里装着件崭新的军大衣，便问他："这大衣是刚换发的？"

"不是。是去年'十一'换发的。"

他这当连长的为啥连块手表也没有？他为啥总是抽黑乎乎的旱烟末儿？我已知道他老家是沂蒙山，而我也是在当年炮火连天的沂蒙山中出生的呀！按说，我们这一文一武有好多话题可闲聊，然而，既然他还不晓得我是高干子弟，压根还不知我为啥要颠到这九连来，我可懒得跟他去谈啥沂蒙山……

躺在铺上，我浑身酸疼睡不安宁，听他也不时轻轻翻身儿。他大概认为我睡着了，划火柴抽起烟来。像他这样的人并不怕吃苦，大概也是感到寂寞难熬吧？是想"春妮"了？我猜。

……我不知不觉地迷糊过去了。外面哗哗的雨声又将我唤醒。朦胧中，我听见他下床了。那扎腰带的声音告诉我，他要冒雨去查铺查哨。

当他轻手轻脚地走出去后，我心中涌起阵阵恻隐之情。是的，像他这样的连长，以及那些土头土脑的战士，无疑都是忠于职守的。对他们，我可以表示同情，怀有怜悯，甚至还可以赞美他们！但是，要让我长期和他们滚在一块儿，我却不敢想象……

咳！这被称为"熔炉"的连队，这真正的"大兵"生涯！没有"苦行僧"的功夫，我该怎样继续熬下去！我又恨起"雷神爷"来，要不是为了躲开他，我何用"曲线调动"来九连"修炼"呀！

第四章

单兵爆破、土工作业、排连进攻、刺杀对抗、周末会操……团司令部下连按"操典"逐一进行验收，指导员竟毫无例外地要做一名战斗员接受考核。

文部建设、季度总结、"双学"评比、党团发展、谈心次数……团政治处要求政治工作渗透在练兵场，指导员的工作包罗万象，我很难胜任。

最令我望而生畏的是每星期二早晨那"十公里全副武装越野"，尽管我几次都没跑到目的地，但每遭下来，小腿肚儿准转筋，有一次还差点虚脱过去。另外，可供转化为热量的一日三餐，也常使我感到度日如年。馒头、大米、玉米面倒可放开肚皮吃，就是副食太差。我真不晓得造物主赐给人的胃都一样，为啥梁三喜他们竟吃得那般香甜。我几次试图让炊事班长改善一下生活，炊事班长叫苦不迭，说伙食标准没增加，物价日见上涨，要改善也只能做些"金银卷"（白面、玉米面合制），把碗中菜用皮儿包起来（大包子）。

连队驻在深山沟，我有钱也没处下馆子。一次，我到团部开会时从服务社买回两包点心。人面前不敢吃，每次都是趁人不在时慌忙吞两块，那滋味就跟偷了人似的……

掰着指头数日子，我下连差两天还不到一个月。照照镜子：脸黑了！摸摸腮帮：人瘦了！

每次冲澡时我都发现，身上的皮一层一层朝下蜕……

我已两次给妈妈写信，让她尽快展开"外交攻势"。妈妈来信说，她那头好说，准备安排我到军区新闻科当摄影记者，只是我这头还不行。她已给师里有关领导同志写过信打过长途电话，得到的回音是：眼下不是前几年，调动之事切不可操之过急，过急了太显眼，太显眼容易出漏子。让我在连队干半年再调不迟……

天，半年？那我就熬成"瘦骆驼"了！

这天中午，我到营部开会回连，全连已吃过午饭。我到饭堂把炊事班留给我的饭菜胡乱吃了些，便回到宿舍倚在铺上想心事。

猛然间，紧急集合号响了。我忙扎好腰带，走出连部。

只见全连列队站在饭堂门前。梁三喜面对全连，脸上"乌云翻滚"："……不像话！简直是不像话！"

想不到他的脾气竟是这样大，我第一次见他如此动怒。我不知连里出了啥不像话的事，便悄悄站在队列里洗耳恭听。

"馒头，有人把雪白的一个半馒头扔进了猪食缸！"他用手拍了拍心口窝，"同志们，扪心问一问，感情，我们还有没有劳动人民的感情？还有没有?!"

我呆了！适才我吃午饭时，炊事班给我留了三个馒头在碗里，我只吃了一个半，便把剩下的扔进了猪食缸……

"解散！"梁三喜怒吼着，把手一挥，"现场参观！"

战士们围着饭堂旁边的猪食缸，叽叽喳喳地议论着。

靳开来把目标对上了段雨国："段雨国，你这花花公子，说，这是不是又是你干的！"

段雨国大眼一瞪："吃柿子单拣软的捏，你就看我好欺侮！面对上帝起誓，谁扔的谁是乌龟蛋！"

三班长出面证实，说中午吃饭时没见段雨国扔馒头。靳开来才不吱声了。

梁三喜余怒未息："谁扔的，可个别找班长、排长讲一下。今晚各班都要召开班务会，好好议一下这种少爷作风！"

也许我对"公子""少爷"这样的字眼尤为敏感，我当下便认定是梁三喜借一个半馒头整我，是想转着圈子丢我的丑。我心中拱着一团火，扭头急步回到连部，气鼓鼓地倒在铺上。过了会儿，梁三喜进来了。我怒气冲冲地对他说："连长同志，要整我，明着来！不必效仿'文化大革命'先来个发动群众！一个半馒头，是我扔的！"

"指导员，我……不知你去营部开会已回来了。我确实不知那馒

— 33 —

头是你扔的。要知道是你，我会同你个别交换意见的。"梁三喜尴尬地解释。

我"腾"一下转过身去，把脸对着墙壁。又听他叹口气说："指导员，千万别为这事影响团结。我不是表白自己，我这个人……还没搞过那种背后插绊子的事。我和原来的王指导员共事三年多，俺俩争也争过，吵也吵过，有时也脸红脖子粗，但俺俩始终如同亲兄弟，团结得像一个人。"

我仍不吱声。停了阵儿，他讷讷地说："我这就让司号员小金去通知各班，晚上的班务会，不……不开了。"

为这事我三天没理梁三喜。

这事发生后的一天中午，三班战士段雨国趁梁三喜不在时溜进了连部。

"指导员，别理那'七撮毛'！"段雨国察言观色地望着我，"大上个月我把吃剩的一块馒头扔进了猪食缸，也是挨了'七撮毛'一顿好整！"

"什么'七撮毛'？"

"嘿嘿……是我用艺术手法给连长起的绰号。"段雨国得意地笑着，他从梁三喜那破旧的绿色军用牙缸里取出一支牙刷，"指导员，你瞧瞧，他用的这支牙刷像从垃圾堆里捡来的。一撮，两撮，三撮……哟，不是七撮，是九撮……这不，又掉下一撮来，那么，就叫他'八撮毛'吧！"

我没搭腔。和梁三喜一个月的相处，我虽没数过他用的牙刷还剩几撮毛，但我早已觉得他是个地地道道的乡巴佬，连一分钱也舍不得乱花。

"每月六十元钱的军官，他连支新牙刷都舍不得买！"段雨国把那"八撮毛"的牙刷扔进牙缸里，"攒钱，就知道攒钱，典型的小农民意识！世界已进入高消费的时代，听说日本人衣服穿脏了连洗都不洗，扔进垃圾堆里就换新的。可咱这里，'八撮毛'竟然借一个半馒头整人，真是滑天下之大稽也！"

看来段雨国是来寻找"同盟军"，跟我搞"统一战线"来了。尽管我对梁三喜已怀有成见，但指导员这职务的最起码的约束，我也不会跟段雨国这样的战士搞在一起。

见我不吭气，他又搭讪道："指导员，你还不赶快调走呀！"

我一惊："你听谁说我要调走？"

他笑笑："这还用谁说，我自己估计呗！"

我沉下脸来："你……"

"这怕啥哟。"少停，他问我，"指导员，听说你爸爸官挺大，是六级，还是七级？"

"你瞎说些啥！"我有些火了。

"嘿嘿……你的事我多少知道一点呢。"他仍嬉皮笑脸，"事情明摆着，咱们跟'八撮毛'这些乡下佬在一起，哪有共同语言？哪有共同向往？年底，我就打报告要求复员！"他说罢，又跟我套近乎道，"指导员，你要买大彩电和收录机啥的，给我说一声就行。我爸妈都在外事口工作，买进口货对我段雨国来说，是小菜一碟！价格

— 35 —

嘛，保准比市面上便宜一半……"

"我啥也不会托你买！请回吧。"

见我冷冰冰的样子，段雨国才怏怏而去。

十月中旬，梁三喜的休假报告批下来了。他几次打点行装要动身回沂蒙山，但几次又搁下了。

想走又觉得不能走，我看出他的心情是极为复杂和矛盾的。显然，他早已觉出我是个十二分不称职的指导员，他担心他走后我会把连队搞得一团糟……

这天，他去团部参加为期一天的军训会议返回连里，已是晚上八点多了。

灯下，他把军训会议的精神简要对我讲了一下，说转眼就是年终考核，劲可鼓不可泄。说罢，他望着我："指导员，我想明天就动身休假。这样，回来还误不了年终考核。你看呢？"

"那就走呗！"我漫不经心地回答他。

他把黑乎乎的旱烟末卷起一支，吸了两口，很难为情地对我说："指导员，我这个人有话憋在心里怪难熬的。前些日子我就听说过，这次去团部开会，我又听到关于你要调走的风言风语。"

我打了个愣。

他接上道："我想，这也可能是有人瞎传。不过，你真要调走的话，这假我暂时不休了。如果没有那回事，那我明天就动身。"

事情既已点破，我也就不在乎了。我没好气地对他说："休不休假，你自己看着办！至于有人议论我，舌头长在他们嘴里，我任凭

— 36 —

他们说长道短！反正组织上还没通知我，让我调走！"

他没有再说啥。第二天，他没有动身。以后，他再也不跟我提休假的事了。

我和梁三喜以及连里其他干部之间的隔阂，越来越明显了。每逢星期六晚上，连部里空荡荡的，他们早就不愿和我凑到一块甩老K、谈老婆、逗笑取乐了。

一天，这里进行正常性的战备教育，按团政治处拟定的教育内容是：把越寇近年来在我广西和云南边境多次进行的武装挑衅，综合起来给战士们讲一次，以激发大家的练兵热情。我便找来一些报纸，念了几篇有关这方面内容的消息、通讯，以及我外交部对越南当局的照会，等等。我毫无个人发挥，完全是照本宣读……

下课后，炮排长靳开来竟一本正经地对我说："指导员，你讲得不错！飞机上挂暖瓶，你水平高得很咦！放心，啥时打起仗来，我们保证跟着你这当指导员的屁股后头，一个劲地往前冲！"

面对他的讥讽挖苦，我扭头而去……

我调动的事，妈妈抓得越来越紧了。每隔几天，我总会收到她的信。她在信中不断向我说明调动一事的进展，叹息她从来没遇到过这么难办的事……

我本想"曲线调动"的事连里是不会知道的。可世上没有不透风的墙。这时，尽管连里还没谁了解其全部内幕，但我来九连是为了调走这一点，不仅连里干部全知道，连消息灵通的部分战士也挤眉眨眼地晓得了。

我苦熬硬撑到十一月底。这天，我又收到妈妈一封信。她在信中告诉我，调动的事总算有眉目了。她让我一旦接到调令，务必尽快离开连队。她在信的结尾部分，煞是神秘地告诉我，说她听说我们这支部队可能有行动。但告诫我：切莫声张！切莫瞎传！

面对两个带叹号的"切莫"，我琢磨不透我们这支部队能有啥行动。不错，南边的形势是够紧张的，但那是小打小闹，枪声离我们这里还远着呢！我竟违背了妈妈的叮嘱，趁没人时悄悄把电话挂到师里那位帮我办调动的领导家里，当我把意思拐弯抹角地说明后，对方哈哈笑了起来，说他压根还没听到啥，说我妈妈的神经太过敏了……

我放心了。但我却一天也不愿在连队里熬了。我天天盼着调令快来！

那是一个星期六的晚上，我心烦意乱地到山溪边散了会儿步返回营房。当我走到连部窗前时，听屋内梁三喜和靳开来在高声谈论，我便悄悄停下来。

靳开来："连长，除了那件大衣是新的，你总共就那么点破家当，又穷鼓捣啥！"

梁三喜："伙计，你也抽空拾掇拾掇吧，看来是快开拔了。"

靳开来："开拔？见鬼，往哪开拔？"

梁三喜："往南边！你不觉得该打一仗了？"

靳开来："仗看来是要打的。可全国这么多军队，你咋知我们这支部队要往前开？"

梁三喜："你别问了，等着瞧就行了。"

靳开来："连长，是不是上面已给你透风了？……怎么，对咱还保密呀！"

梁三喜："上面没谁给我透风。该咱连级干部知道的事，老百姓也差不多知道了。"

靳开来："那，你是……"

梁三喜："我是从指导员他母亲那里得来的消息。"

靳开来："活见鬼，那老娘们能给你啥消息！"

梁三喜："你真是个直肠子。你就没想想，为啥她对指导员的调动抓得那么急？我听团里的干部干事说，这些天指导员的母亲几乎天天往师里打电话……"

靳开来："嗯。有道理！听说那老娘们神通广大，她知道消息要比师长、军长还早呢！"

梁三喜："这不就得啦。我看部队在十天八天之后要上前线！这事你千万要保密，绝不能瞎嚷嚷。"

靳开来："奶奶的！只要是共产党坐天下，那老娘们胆敢在部队上前线时把她儿子调回去，看我靳开来不自费告状到北京！"

十天之后我终于拿到了调令！

然而，想不到梁三喜竟能料事如神！当我就要离开连队时，一声令下，我们这支部队果真要上前线，要开拔！

当天，炊事班一下便宰了四头猪，但却来不及吃了！

进亦难，退更难。我处在万分矛盾当中！

"滚蛋，你给我赶快滚蛋！"忠厚人梁三喜一下变成靳开来，他面对我劈头盖脸地痛骂，"奶奶娘！你可以拿着盖有红印章的调令滚蛋，我可以再请求组织另派一位指导员来！但是，养兵千日，用兵一时！军人，你不会不知道你穿的是军装！现在，你正处在一道坎上，上前一步还好说，后退一步你是啥？有的是词儿，你自己去想！你自己去琢磨！"

第五章

长龙般的专列闷罐车载着武器和士兵，昼夜兼程。在九连坐的两节闷罐子里，有我这拿到调令没敢退却的指导员。

不用梁三喜直着骂，我当然也晓得，军人效命沙场，应当义无反顾。倘若我在这种时候离开这支部队，那将是对军人称号的最大玷污！众口啐我是"逃兵"算是遣词准确，破口骂我是"叛徒"也毫不过分……

部队开到云南边防线，大家才知道这所谓边防实际上是有边无防。可红河彼岸，我们用肉眼便可看到一个挨着一个的永备性、半永备性的碉堡工事。如果拿起望远镜，即能清晰地看见那瞄准我们胸膛的黑洞洞的射击孔。而我们这边，多年来却一直高喊把自己的国土，当作对方"最辽阔的大后方"……

如今，在迫不得已的情况下进行还击，一切都显得紧迫而仓促。一下拥来这么多部队，安营首先成了大问题。团以上指挥机关挤进了地方机关的办公室。连队则分散在深山沟里，用青竹、茅草、芭蕉叶和防雨布，搭成了各式各样的"营房"。为防空防炮，还常常住进那刚挖的又潮又湿的猫耳洞……

当我们九连听了边民有家不能归的控诉，现场参观了河口县托儿所被越寇用机枪横扫后的惨状后，求战书像雪片一样飞到连部。尽管上级不提倡写血书，连里还是有几位战士咬破了中指……可我这个当指导员的，人虽跟着九连来了，心里却仍在打小鼓。我懊丧自己自作自受，我后悔当初不该放着摄影干事的美差不干，来到这九连搞啥"曲线调动"！眼下，我唯一的希望是离开这战斗连队，回到军机关……

于是，我便悄悄找军里和我要好的同志，让他们侧面反映一下，以工作需要为名，把我重新调回军机关。恰在这时，军党委做出一个十分严厉的决定：凡在连队和基层单位的高干子女，一律不准调到机关里来。已经调的要坚决送回基层，个别因有利于打仗确实需要调的，不管他是干部还是战士，均需军党委审批才能调动。否则，按战时纪律予以追究。

我听后，心里凉了半截。

梁三喜对我的态度倒还够意思。在他骂我滚蛋时我没还嘴，见我跟着连队来了又没离开连队，他不仅没再向我投来鄙视的目光，反而像我刚下连时那样主动找我商量工作。我还觉察到，他已给连里的其他干部做过工作了；当我们坐着闷罐车朝前线开时，一路上靳开来曾不时地说些风凉话给我听，扬言说战场上他将撂着我，一旦发现我有叛变的苗头，他会给我一粒"花生米"尝尝……而眼下，他见到我尽管脸还放不开，但大面上也总算说得过去了。

连队进入了临战前的突击性训练。为适应在亚热带山地丛林中作战，团里让我们九连练爬山，练穿林。这比那"十公里全副武装越野"，更够人喝一壶的。梁三喜累得嗓音嘶哑，眼球充血，嘴唇龟裂，那瘦削的脸膛更见消瘦了。就连被誉为"轻型坦克"的靳开来，脸颊也凹陷了。至于我，那就更不用提了。我累得晚上睡觉连衣服都懒得脱，常产生那种"还不如一颗流弹打来，便啥也不知道才好"的念头……

我和妈妈已有二十多天中断了联系。来到前线后，料她也无神通可施展了，我也就懒得再给她去信。这天，从后方留守处转来连队一批信件，其中有我三封。一封是柳岚从军医大学写来的，她在信中质问我为啥接到调令后还不回去，讥笑我是不是想当什么英雄了。她毫不掩饰地写道：现在的大学生宁肯信奉纽约伯德罗埃岛上的铜像（自由女神），也决不崇拜斯巴达克斯……另外两封信是妈妈写来的。头一封信她让我离开连队动身时给她拍个电报，她好派车到车站接我回家。第二封信她已觉出事情不妙，似乎也深知在这种时刻调我回去的利害关系。她问我是否因周围有不良反应才没走成，如果觉得实在不能调走，那就无论如何也得离开连队，重回军机关工作方为上策。

妈妈的"上策"和我的心思吻合了。

此时，我多么想赶快离开九连回军部啊！而重回军部的希望，只能寄托在雷军长身上。这时，我想起了妈妈多次给我讲过的她救过"雷神爷"一命的往事：

一九四三年秋，近三万名日寇纠合吴化文、刘桂堂（即刘黑七）等部的皇协军，对山东沂蒙山区进行大规模的拉网扫荡。当时，雷军长是山东军区独立团的一营营长，妈妈是团所属"地下医院"的指导员（因医院的所谓床位不过是一些堡垒户的炕头，故称地下医院）。一营在掩护山东分局机关和渤海银行机关转移时，被敌包围了。人称"雷神爷"的雷营长，率全营四百余众与敌展开血战。战斗从上午十时许打响直到黄昏，机关安全转移了。这时，"雷神爷"所率的四百余众尚存不足百人，而且大都挂了彩。"雷神爷"也多处负伤，奄奄一息倒在血泊中。担负救护伤员任务的妈妈，借着暮色的掩护，冒着纷飞的弹雨，在一片死尸堆里寻找还未死去的伤号。妈妈用手一摸"雷神爷"的嘴，觉出"雷神爷"还有一丝儿呼吸，便将他背在身上，从死尸堆里一步一步爬了出来……

为躲过敌人的清剿，妈妈把"雷神爷"安置在一个非常隐蔽的山洞里。妈妈把一头乌发推成光头，从乡亲们那里借得一顶瓜皮式旧毡帽戴在头上，腰缠一根猪鬃绳腰带，扮成一个看山林的穷小子，日夜守护着"雷神爷"。妈妈千方百计地为"雷神爷"寻找药物。

没有绷带，她把自己唯一的一床被面用开水消毒后，撕成了条条……

一个电闪雷鸣的雨夜，妈妈听到洞外有声声怪叫。出得洞来，借着一道闪电，妈妈发现有四五只狼睁着绿森森的眼睛，嗥叫着向洞口涌来。显然，是"雷神爷"的伤口腐烂，让野狼嗅到了味儿。妈妈将驳壳枪上了顶门火，但怕暴露目标又不敢鸣枪。她便抓过一把镐头立在洞口，与饿狼对峙，直到天色破晓……

妈妈承受了一个女同胞极难承受的艰险，精心护理"雷神爷"，终于使"雷神爷"死而复生。

在"雷神爷"康复归队那天，他紧紧攥着我妈妈的手说："有恩不报非君子，我雷神爷走遍天涯海角，也忘不了你这女中豪杰！"

这真是生死之交！没有妈妈，你"雷神爷"能活到今天当军长吗?！要知道，我是妈妈唯一的儿子，尽管你"雷神爷"摆出副"铁面包公"的架势，可妈妈在最关键的时刻求你点事，难道你真会不帮忙吗？再说，我本来就是军机关里的人，军机关也要参战，调我回去并不是啥出大格的事嘛！只要你"雷神爷"说一句"这是工作需要"，那就名正言顺了！

想到这些，我忙给妈妈写了封信，火速发出。

我们在阵地上度过了春节。这时，各连的干部配备进行了较大的调整。我们九连的副连长调到团司令部侦察股任参谋去了。曾发牢骚说自己是"鸡肋"的炮排长靳开来，被任命为副连长……

一个星期又熬过去了。我估计妈妈已收到我的信，我盼着妈妈快写信给"雷神爷"！

战前的训练已停止，各连都在反复检查携带的装备，开始养精蓄锐了。

迟了！我调回军部的事看来是办迟了！

二月十四晚上（后来才知道，此时距十七日凌晨发起进攻，只有五十小时），师里组织排以上干部看内参电影《巴顿》。

看完电影，已是夜里十一点了。师参谋长通过扩音器大声宣布，说军长正忙着最后审定我们师的作战方案，让大家静坐等待，一会儿军长要来讲话。

"嗬，我们的巴顿要来讲话了！"不知是谁这样小声喊了一句。

我知道，在座的好多人看完《巴顿》后，是很容易把军长跟巴顿将军联想在一起的。

少顷，人们探头探脑地说军长来了。我一瞧，正是"雷神爷"驾到！

雷军长身高顶多有一米七〇出头，是个干练的瘦老头儿，绝没有巴顿将军的块头。但他却比巴顿更令他的同僚和部属敬畏。他平时走路也按"每步七十五公分"的"操典"进行，腰板笔直，目光平视，一举一动都显出军人的英武和豪迈，将军的自信和威严。

他捷步登上土台子，师参谋长忙把麦克风给他左右矫正了一下。

军长用目光环视了一下这设在山间的露天会场，那俯瞰尘寰的架势告诉人们，他，他统率的这个军，永远是天下无敌的！

这时，只见他脱下军帽，"砰"地朝桌子上一甩，震得麦克风动了一下。

仅此一甩帽，会场便骤然沉寂。静得像无波的湖水，连片树叶儿落下也会听得见。

在我们军里，谁没听说过雷军长"甩帽"的轶事啊！

那是一九六七年"一月风暴"席卷神州之后，军机关所在地 C 市的左派要夺市委的大权，中央"文革"小组顾问康生亲自打电话给军里，让军方支持 C 市左派夺权，并指出军里可派一名主管干部，任 C 市"三结合"红色新政权的第一把手。在此之前，军里派出的支左观察小组已把得来的情况报告过军长，军长已知道参加夺权的那位造反派头头，是个偷鸡摸狗的人物；而准备参加"三结合"的那位革命老干部，则是军长早就一见就烦的"滑头派"……

军长主持召开军党委会，把军帽猛地朝桌上一甩："不怕罢官者，跟我坐在这里开会！对那帮乌合之众要夺市委的大权，我雷某决不支持！怕丢乌纱帽者，请出去！请到红色新政权中去坐第一把交椅！"……

甩帽的后果：他丢了军长的职位，被押进了学习班。

C 市左派夺权后搞得实在不像话。一年之后，连"中央文革"也不喜欢他们了，军长这才从禁闭式的学习班回到军里。但是，军长的职位早有人占了，他便成了个无行政职务的军党委常委。接着，林彪抓什么"华野山头"，他又一次在军党委会上甩帽，为陈老总评功摆好……

根据军党委会议记录，十年中军长曾四次甩过军帽。对于甩帽的后果，有几句顺口溜做了描述："军长甩军帽，每甩必不妙，不是蹲班房，就是进干校。"

眼前，这"雷神爷"为何又甩帽？人们目瞪口呆！

只见他在台上来回踱了两步又站定，双手抔腰，怒气难抑。

终于，炸雷般的喊声从麦克风里传出："骂娘！我雷某今晚要骂娘!!"

谁也不晓得军长为啥这般狂怒，谁也不知道军长要骂谁的娘！

他狂吼起来："奶奶娘！知道吗？我的大炮就要万炮轰鸣！我的装甲车就要隆隆开进！我的千军万马就要去杀敌！就要去拼命！就要去流血!! 可刚才，有那么个神通广大的贵妇人，她竟有本事从几千里之外，把电话要到我这前沿指挥所！此刻，我指挥所的电话，分分秒秒，千金难买！可那贵妇人来电话干啥？她来电话是让我给她儿子开后门，让我关照关照她儿子！奶奶娘，什么贵妇人，一个贱骨头！她真是狗胆包天！她儿子何许人也？此人原是我们军机关宣传处的干事，眼下就在你们师某连当指导员！……"

顿时，我脑袋"嗡"地像炸开一样！军长开口骂的是我妈妈，没点名痛斥的就是我啊！

骂声不绝于耳："……奶奶娘！走后门，她竟敢走到我这流血牺牲的战场上！我在电话上把她臭骂了一顿！我雷某不管她是天老爷的夫人，还是地老爷的太太，走后门，谁敢把后门走到我这流血牺牲的战场上，没二话，我雷某要让她儿子第一个扛上炸药包，去炸碉堡！去炸碉堡！！……"

排山倒海的掌声淹没了"雷神爷"的痛骂，撼天动地的掌声长达数分钟不息……

军长又讲了些啥，我一句也听不清了。

那一阵更比一阵狂热的掌声，送给我的是嘲笑！是耻辱！！是鞭笞！！！

…………

我差点晕了过去。我不知是梁三喜还是谁把我扶上了卡车，我也不知下车后是怎样躺进连部的帐篷的。

当我从痴呆中渐渐缓过来，我放声大哭。

"哭啥，哭顶个屁用！"梁三喜愤慨地说，"不像话，你母亲实在太不像话！她走后门的胆子太大了！"

我仍不停地哭。梁三喜劝慰我说："谁都会犯错误，只要你能认识到不对，就好。仗还没打，战场上有改正错误的机会。"

眼泪哭干了，我又处于痴呆的状态中。

天将破晓了，一片议论声又传进帐篷："军长骂得好，那娘们死不要脸！"

"战场上谁敢后退，就一枪先崩了他！"

是谁在这样说啊，声音嘈杂我听不真。

"奶奶的！说一千，道一万，打起仗来还得靠咱这些庄户孙！！"是靳开来在大声咋呼，"小伙子们，到时候我这乡下佬给你们头前开路，你们尽管跟在我屁股后头冲！死怕啥，咱死也死个痛快！"

"哼，连里出了个王连举，咱都跟着丢人！"啊，那又尖又嫩的童音告诉我，说这话的是不满十七岁的司号员金小柱！我下连后，小金敬我这指导员曾像敬神一般！可自打我拿到调令那天起，他常撅着小嘴儿朝我翻白眼啊……

"别看咱段雨国不咋的，报效祖国也愿流点血！咱决不当可耻的逃兵！"啊，连"艺术细胞"段雨国也神气起来了……

我麻木的神经在清醒，我滚滚的热血在沸腾！奇耻大辱，大辱奇耻，如毒蛇之齿，撕咬着我的心！

我乃七尺汉子，我乃堂堂男儿！我乃父母所生，我乃血肉之躯！我出生在炮火连天的沂蒙战场上，我赵蒙生身上不乏勇士的基因！我晓得脸皮非地皮，我知道人间有廉耻！我，我要捍卫人的起码尊严！我要捍卫将军后代的起码尊严！！

我取出一张洁白的纸，一骨碌爬起来冲出帐篷。

我面对司号员小金："给我吹紧急集合号！"

小金惊呆了，不知所措。

"给我紧急集合！"

梁三喜跟过来轻声对小金说："吹号。"

面对全连百余之众，我狂呼："从现在起，谁敢再说我赵蒙生贪生怕死，我和他刺刀见红！是英雄还是狗熊，战场上见！"

说罢，我猛一口咬破中指，在洁白的纸上，噌！噌！噌！用鲜血写下了三个惊叹号——"！！！"

说到这，赵蒙生两手捂着脸，把头伏在腿上，双肩在颤动。我知道，他已陷进万分自责的痛苦中。

　　"咔"的一声响，又一盘磁带转完了。过了会儿，我才轻轻取出录好的磁带，又装进一盘。

　　良久，赵蒙生才抬起头来，放缓了声调，继续对我讲下去——

第六章

我们团受领的任务是打穿插。即在战幕拉开之后，全团在师进攻的正面上，兵分数路从敌前沿防线的空隙间猛插过去，楔入纵深断敌退路，在保证大部队全歼第一道防线之敌的同时，为后续部队进逼敌人第二道防线取得支撑点。

我们三营任团尖刀营，九连受命为营尖刀连。这就使我们九连一下在全团乃至全师——居于钢刀之刃，匕首之尖的位置上！

上级交给我们九连的具体任务是：在战幕拉开的当天，火速急插，务必于当天下午六时抵达敌 364 高地前沿，于次日攻占敌 364 高地，并死死扼守该高地。

从地图上看：由无名高地和主峰两个山包组成的 364 高地，距我边境线直线距离有四十余华里；位于通往越南重镇 A 市的公路左侧，是敌阻击我南取 A 市的重要支撑点。

据情报得知：364 高地上有敌一个加强连扼守，阵地前设有竹签、铁丝网，布有地雷，高地上有敌炮阵地，多梯次的堑壕和明碉暗堡……

是军长要实践他第一个让我炸碉堡的诺言，还是因九连是全团军事训练的先行连，才使这最艰巨的任务一下便落到我们九连的头上？（全营各连曾为争当尖刀连纷纷求战，而营、团两级几乎是毫无争议地便拍板定了我们九连，并说是军长点头让九连先上。）对于这些，我不愿去琢磨了。

全连上下都为当上了尖刀连而自豪。但大家更明白：摆在我们九连面前的，将是一场很难想象的恶仗！

按照步兵打仗前的惯例，全连一律推成了锃亮的光头，一是为肉搏时不至被敌揪住头发，二是为头部负伤时便于救治。

炊事班竭尽全力为全连改善生活，并宣布在国内吃的最后一顿饭将是海米、猪肉、韭菜馅的三鲜水饺。我发现，即使每月拿六元津贴的战士，会抽烟的也大都夹起了带过滤嘴的高级香烟。连从来都抽劣等旱烟末的梁三喜，竟也破例买了两盒"红塔山"。靳开来对我已明显表示友好，他不知从哪里买来两瓶精装的"五粮液"，硬拉我和其他连、排干部一起醮一口……

人之常情啊，这一切都在告诉我，大家都想到将去决一死战，都想到这次将会流血牺牲；而在告别人生之前，要最后体味一下生活赐予人的芳香!

连里已决定一排为尖刀排。党支部再次开会,商定连干部谁带尖刀排。

团里搞新闻报道的高干事列席了我们的支委会。当上级把尖刀连的重任交给我们连之后,他便来到连里搜集求战书和豪言壮语。显然,一旦我们九连打出威风,那将是他重点报道的对象。

支委们刚刚坐下,靳开来便站起来说:"这个会根本不需要再开嘛!查查我军历史上的战例,副连长带尖刀排,已是不成条文的章程!既然战前上级开恩提我为副连长,给了我个首先去死的官衔,那我靳开来就得知恩必报!放心,我会在副连长的位置上死出个样子来!"

高干事没有往他的小本上记,这些牢骚话显然毫无闪光之处。

我沉痛表示:"执行军长让我第一个炸碉堡的指示吧!这尖刀排,我来带!"

"指导员,你……"梁三喜严肃地望着我,"咋又提起那件事?尖刀排,哪能让你带!"

靳开来接上道:"指导员,我靳开来已觉出你是个有种的人!已过去的事我不提了,也不准你再提起!从现在起,我们将患难相依,生死与共!指导员是连队的中枢神经,要死,第一个也轮不到你!"

他的话充满真诚的感情,我眼里一阵发热。

梁三喜刚提出要带尖刀排,就被靳开来大声喝住:"连长,少啰唆,要带尖刀排,比起我靳开来,你绝对没有资格!"

我和高干事都一愣。

靳开来接着对梁三喜道："当然，讲指挥能力，我靳开来从心里服你；论军事素质，你也比我靳开来高一筹！我说的资格是，我靳开来兄弟四个，死我一个，我老父老母还有仨儿子去养老送终，祖坟上断不了烟火。可你梁三喜，你家大哥为革命死得早，二哥为他人死得惨，惨啊！就凭这，不到万不得已，你梁三喜得活下来！"他转脸对我和高干事，"你们不知道连长家的事……咳！我这个人，就愿意把话说得白一些，尽管说白了的话怪难听……"

我心里沉甸甸的。下连这么久了，我竟对连长的身世一无所知！看来，连长家中不知遇到过啥样的不幸。而眼下我们已来不及去聊那些事了。

靳开来擦了擦发湿的眼睛："连长，我说句掏心话，全连谁'光荣'① 了，我都不会过分伤心，为国捐躯，打仗死的嘛！唯独你，如果有个万一……你那白发老母亲，还有韩玉秀怎么办……咳！小韩该是早已经生了，可你还不知她生的是男是女啊！"

梁三喜摆了摆手，声音有些颤抖："副连长，别说那些了！"

我眼里阵阵发潮。怪我，都怪我这不称职的指导员，使连长早该休假却没休成！

"行了，别开马拉松会了。顺理成章，带尖刀排的事，听我的。"靳开来拍板定了音。

---

① 前线战士把"光荣"作为牺牲的代名词。

接着，我们又进一步设想行动后可能遇到的难题，议论着对付困难的办法。

散会时，靳开来对高干事笑了笑："喂，笔杆子！一旦我靳开来'光荣'了，你可得在报纸上吹吹咱呀！"说着，他拍了拍左胸的口袋，"瞧，我写了一小本豪言壮语，就在这口袋里，字字句句闪金光！伙计，怕就怕到时候我踏上地雷，把小本本也炸飞了，那可就……"

梁三喜："副连长！你……"

靳开来："开个玩笑嘛！高干事又不是外人，怕啥？"……

一切都准备好了，但一切又是何等仓促。

二月十六日下午，从济南部队和北京部队调到我们团一大批战斗骨干，都是班长以下的士兵。团里照顾我们这尖刀连，一下分给我们十五名。显然，他们是从各兄弟部队风尘仆仆刚刚赶到前线。抱歉的是，我们既没有时间组织全连欢迎他们，甚至连他们的名字都来不及登记，就三三两两地把他们分到各班，让他们和大家一起吃"三鲜水饺"去了！

夜幕降临，我们全连伏在红河岸边待命。

战斗打响前，最大权威者莫过于表的指针。人们越是对它迟缓的步伐感到焦急，它越是不肯改变它那不慌不忙的节奏。当它的时、分、秒针一起叠在十二点上时，正是十七日凌晨。

骤然，一声炮响，牵来万声惊雷，千百门大炮昂首齐吼！顿时，天在摇，地在颤，如同八级地震一般！长空赤丸如流星，远处烈焰在升腾，整个暗夜变成了一片深红色。瑰丽的夜幕下，数不清的橡皮舟和冲锋舟载着千军万马，穿梭往返，飞越红河……

此时，一种中华民族神圣不可侮的情感在我心中油然而生，我更感到自己愧为炎黄子孙！

全连在焦急的等待中迎来了破晓。早晨七时半，冲锋舟把我们送到红河彼岸。

刚过河，就看到从前沿抬下来的烈士和伤员，连里几个感情脆弱的战士掉泪了。

靳开来不知从哪里搞来一把傣家大刀。他把银灼灼的大刀当空一抡："掉啥泪？哭个球！把哭留给吃饱了中国大米的狗崽子们！看我们不搜得他们鬼哭狼嚎！"说罢，他转脸对为我们九连带路的华侨说，"老哥，你在身后给我指路，一排，跟我来！"

尖刀排沿两山间的峡谷朝前插去。梁三喜和我率领大家急速跟进。

刚插进不多远，便遇上一群被我正面攻击部队打散的敌兵。他们用平射的高射机枪、枪榴弹、冲锋枪，三面朝我连射击。

"卧倒！"梁三喜一把将我摁倒，厉声下达命令，"三排，占领射击位置，打！"

梁三喜手中的冲锋枪打响了。少顷，三排的轻、重机枪一齐"咕咕咕"叫起来。

我刚端枪瞄准敌人，梁三喜转脸对我喊道："我带三排留下掩护，你带大家尽快甩开敌人！"

"我留下！"说着，我射出一串子弹。

"执行预定方案，少废话，快！"

梁三喜的话是不容反驳的！我的指挥能力，怎能同他相比啊！

我带二排和炮排匍匐前进躲过敌射界，纵身跃起，紧紧尾随尖刀排上前急插……

十时许，梁三喜才率三排跟了上来。他用袖子抹了抹满脸硝烟和汗水，沉痛地告诉我，有两名战士牺牲了，一名战士负了重伤；烈士遗体和伤号已交给担任收容任务的副指导员……

越南北部山区，草深林密，路少坡陡。杯口粗的竹子紧紧挤在一块儿，砍不断，推不倒，硬是像道道天然屏障。芭茅草、飞机草高达两米以上。草丛中夹着杂木，杂木中盘着带刺的长藤。节令刚过"雨水"，这里的气温竟高达三十四五度。这一切，都给我们急速穿插的尖刀连带来不可想象的困难。

我们心急火燎地沿无路可寻的山沟插进，只见尖刀排在前面停住了。跟上去一看，面前是三米多宽、两米多高的木薯林，钻过去无空隙，爬上去又经受不住人。靳开来手持傣家大刀，左右横飞，为全连砍通道路……

这时，营长在报话机中呼叫，问我们九连的位置，梁三喜忙展开地图，现地对照。一个扛着八二无后坐力炮的战士凑过来，瞧了几眼地图，一下用手在地图上指点说："在这儿，错不了，这就是我们九连的位置。"

梁三喜点了点头，看了看眼前这位昨天下午刚补进我连的战士，便对着报话机向营长报告了九连所处的位置。

报话机中传来营长焦急的声音："太慢！太慢！加快速度！要加快速度！"

"是！"梁三喜回答营长后，站定身对全连命令道，"把背包、多余的衣服，统统扔掉！尖刀排继续头前开路，二、三排和连部的同志，协助炮排携带弹药！"

战士们立即照办了。梁三喜的决定无疑是十分正确的。步兵排每人负重六十多斤，炮排每人负重九十多斤，要加快穿插速度，是得扔掉一些不急需的玩艺才行啊！

当这一切办完之后，梁三喜问眼前那位识图能力极强的战士："你，是从哪个部队调来的？"

"北京部队。"

"叫啥名字？"

"嘿，说名字一时也记不准。我们刚补进来的十五名同志，就我自己是从北京部队来的。干脆，就叫我'北京'好了。"

这自称"北京"的战士，稍高的个头，长得挺秀气，浓眉下的眼睛一闪一眨，热情、深邃、奔放，显得煞是机灵聪敏。

"那好，你就跟在我身边行军。"梁三喜说。显然，他已觉得身边极需这位很有一套的战士。

我们加快了穿插速度。在通过一道山梁时，又两次遇到小股敌人的阻击。仍是由梁三喜率三排断后掩护，我们很快就甩开了敌人，拼死拼活地往前插……

营长不时地在报话机中询问我们的位置，每次都嫌我们行动迟缓。

下午三时许，营长又一次呼叫我们。战士"北京"又很快在地图上找到了我们的位置。

梁三喜向营长报告后，报话机中的营长火了："师、团首长对你们行动迟缓极不满意！极不满意！如不按时抵达指定位置，事后要执行战场纪律！执行战场纪律！！喊赵蒙生过来对话。"

梁三喜移动了一下，我蹲到报话机旁。

"赵蒙生！赵蒙生！你战前的表现你清楚！刚才军长在报话机中向我询问过你的表现！你要当心，要当心！政治鼓动要抓紧，要抓紧！不然，战后你跳进黄河洗不清，洗不清！……"

我的头皮又嗖嗖发麻。梁三喜推开我。

"营长同志，政治鼓动很重要，很重要！但是我们没空多啰唆！有啥指示，你快说！"

"梁三喜，你别嘴硬！战场纪律，对谁都是无情的！"

营长的喊话停止了。从尖刀排位置折回身来的靳开来，牢骚开了："娘的！让他们执行战场纪律好了！枪毙，把我们全枪毙！他们就知道用尺子量地图，可我们走的是直线距离吗？让他们来瞧瞧，这山，是人爬的吗？问问他们，路，哪里有人走的路！……"

"副连长，少牢骚！"梁三喜额角上的青筋一鼓一跳地蠕动着。

靳开来不吱声了。

梁三喜厉声对战士们命令："武器弹药携带好，每人留下两顿饭的干粮，另外是水壶，水壶绝对不能丢！其余的，统统扔掉！"

没有亲身经历这场战争的人，压根儿想象不出我们这尖刀连在穿插途中的窘迫之状。为争取按时抵达指定地点，我们冒着酷热在亚热带高山密林中穿行，上山豁出命去爬，下山干脆坐下连滑加滚，一个个衣服全扯碎了，身上青一块、红一块……

太阳沉下去了，四周影影绰绰，我已辨不出东西南北。腿早已不打弯了，我跟着大家死死地往前蹿。当听见梁三喜说已到达指定位置时，我一头栽倒了。

梁三喜架起我做惯性运动。我定了下神，见全连绝大部分战士也都倒在了地下。

梁三喜边架扶着我边命令："都起来，互相协助，活动一下。"他突然松开我，轻声呼唤，"小——金，小金！"

我一看，只见司号员小金栽倒在面前的草丛中。

梁三喜晃动着小金："小金！金小柱……"

听不见小金的声音。

我和梁三喜忙把小金身上的装备卸了下来：冲锋枪、子弹带、十二枚手榴弹、飘着红缨穗的军号、两包压缩饼干、水壶。另外，还有沉重的四发八二无后坐力炮弹——显然，这是他在穿插途中，遵照连长的指示，从炮排战友身上，背到了他的背上……

梁三喜坐下把小金扶起，让小金倚在他怀中。他取过小金的水壶晃了下，听见有点响声，便将水壶对上小金的嘴："小金，醒醒，喝点水……"

小金嘴唇紧闭，毫无反应。

我忙给小金做人工呼吸，但无济于事。

我用手一摸，小金的心脏已停止了跳动！

梁三喜眼中涌出滴滴泪珠。他用毛巾擦拭着小金脸上的泥垢和汗渍。小金那长长的睫毛垂了下来，胖乎乎的两腮上，各有一个浅浅的小酒窝……

他还没来得及为全连进攻吹响冲锋号，他没能杀敌立功，就这样安详地睡去了，永远地睡去了。

事后，我反复想过，如果小金不给炮排背那四发炮弹，他也许不会……也许因为他太年轻，也许他的心脏或身体的某个部位本来有点小毛病，使他承受不了如此剧烈的穿插。啊，这位不满十七岁的士兵是累死在战场上的！

此刻，我抚摸着他那圆鼓鼓的手，抽泣着。我下连后，就是这双手，曾天天早晨给我打好洗脸水，把牙膏都给我挤在牙刷上；就是这双手，曾给我一次次地洗军装；也是这双手，在那"十公里全副武装越野"时，将摔倒的我扶了起来……我年龄几乎比他大一倍，可我……小金呀，原谅我吧，我不会是个永远都不称职的指导员，更不会成为"王连举"！

战争期间，时间是以分秒计算的。当我们到达364高地前沿时，已是晚上八点零二分。比上级指定的到达时间，晚了一百二十二分钟！

然而，我们九连是问心无愧的。

第七章

梁三喜命令各班检查了装备,武器弹药没有丢损,只是大部分战士已把水壶和干粮全扔在穿插途中了。他让各排把仅有的干粮和水集中起来分配。吃了一顿半饥不饱的共产式的"大锅饭"之后,全连基本上粮尽水绝了。

我的水壶和干粮也在穿插途中扔掉了。梁三喜塞给我半包压缩饼干我没接,我瞒他说自己还有吃的。他把小金留下的水壶硬是塞给了我。我怎忍心喝小金留下的水啊!我把那半壶水连同小金为炮排背来的四发炮弹,一起交给了炮排……

夜,黑得像看不到边、窥不见底的深潭。

山崖下的灌木丛中,梁三喜召集各班、排长围拢在一起,研究下一步的行动。他在暗夜中铺开地图，借着圆珠手电笔那圆圆的光点，用手点了点由无名高地和主峰两个山包组成的364高地。接着，他让那位带路的华侨，谈一谈364高地敌人设防的情况。

我们的向导，是位三十四五岁的庄稼汉。穿插途中，我们派两位体格最棒的战士空手拉扯着他，才使他和我们一起赶到目的地。他是在越南当局反华、排华时蒙难回国的，他原来的家离这364高地不远。但遗憾的是，他对敌军事方面的布防所知甚少。他仅告诉我们，从七四年春开始，就看到有越南鬼子在前面的两个山包上构筑碉堡和工事。别的，他啥也不知道了……

面对敌人苦心经营的364高地，大家思忖着。

梁三喜已把战士"北京"视为连里的"高参"。此时，他对挨在他身边的"北京"说："'北京'同志，先谈谈你的想法吧。"

"那好。我先谈点不成熟的设想，以便抛砖引玉。"战士"北京"说，"我连现已脱离大部队，孤军楔入敌腹。在缺乏强有力炮火支援的情况下，要攻占面前的两个山头，谈何容易！敌人居高临下，以逸待劳，颇有'一夫当关，万夫莫开'之势。这就决定了我们的打法，切莫强攻，必须巧取。"

"说得很有道理。"梁三喜催促，"继续说下去。"

"现在我连已断粮缺水，一时又不能补充，行动必须迅速。趁敌尚未察觉我们，我建议战斗不应在明日，而宜在今夜展开。先拉开一个小小的战斗序幕。"

"序幕？"梁三喜问。

战士"北京"接上说："对。孙子云：'知己知彼，百战不殆。'这小小的序幕是：一、先设法破坏敌阵地前沿的雷区，撕开一道豁口，以便全连接敌；二、以步兵排实施火力佯攻，引敌暴露火力点的位置；三、我炮排和步兵排的爆破组，借暗夜接近敌火力点，在隐蔽好自己的前提下，离敌火力点愈近愈佳。这样，待明晨拂晓，便可以迅雷不及掩耳之势，夺下无名高地，取得立足点。然后，才有可能考虑下一步。"

想不到这年轻的战士"北京"，竟对兵家之事如此谙熟，我颇有些折服了。

大家小声议了一阵，一致认为战士"北京"的设想，切实可行。

这时，"北京"又说："入伍后，我一直在步兵连八二无后坐力炮班当战士。在北京部队时，我参加过几次师里组织的山地进攻实弹演习。要讲摧毁敌火力点，'八二无'堪称一绝。它最大射程一千米，绝就绝在进行肩炮直瞄发射时，我们可以把炮口当刺刀！山地作战，每块岩石下都可隐蔽自己。我打过多次百米内肩炮射击，根本不需瞄准，其准确程度如同把枪口直指敌人的肚皮，百发百中。眼下，我们是山地攻坚，如果采用远射程射击，倘若一炮打不准，敌碉堡里的机枪饶不了冲锋的步兵战友！我看，四〇火箭筒也定要在百米，甚至是五十米、三十米的距离上发射，做到弹无虚发。可别小瞧越南鬼子，他们打了多年的仗，拼起来是些亡命徒！因此，我们非得冒风险，下绝法子治他们不可！"

梁三喜说："'北京'同志说得十分有理。'八二无'和四〇火箭筒发射时要近些,再近些!必须做到一炮摧毁一个敌碉堡!不然,后果大家都清楚。一排长,行动还是从你们尖刀排开始,你们先用成捆的手榴弹,引爆敌人的地雷……"

靳开来急不可待:"娘的!说干就干!先来十捆手雷,每捆十枚!"

梁三喜按住要行动的靳开来,又周密地进行了具体分工。

末了,梁三喜对我说:"指导员,战斗要提前打响,按说应该报告营里。可在敌人鼻子底下用报话机呼叫,那就等于把我们的行动报告给了敌人。你看怎样?"

我当即说:"不必报告了。两座山头反正得我们去攻,早攻下来总比晚拿下来好!"

战士"北京"说:"指导员说得极是。将在外,君命可有所不受。"

行动开始了。

靳开来率尖刀排把一捆捆手榴弹甩往雷区。随着手榴弹的爆炸,引来阵阵地雷的爆炸声……

迎着爆炸后呛人的梯恩梯味儿,全连在炸开的豁口上,迅速、安全地爬过了雷区。

这时,实施火力佯攻的三排,轻、重机枪早已一齐响起来。无名高地上敌各处的火力点喷吐出火舌。刹那间,山上山下一片枪声……

我默数着敌火力点,对梁三喜说:"十二个,有十二个敌火力点。"

"不，还多，最少是十三个。"

按打响前的分工，梁三喜和我各带炮排的两个班和步兵排组成的爆破组，从无名高地左右两侧朝前运动，去潜伏到敌人的碉堡下。

靳开来和我一起行动。有他在，我心里坦然多了。此时，他这炮排长出身的副连长，手握着火箭筒，身背着火箭弹，跃跃欲试要去炸碉堡了。

三排的轻、重机枪打打停停，各处的敌碉堡不时喷吐出火舌，为我们指引着行动的目标……

我正向前爬着，靳开来扯扯我的衣服，悄声对我说："别慌，你跟在我后面!"

近了，不时喷出火舌的碉堡，离我们越来越近了……

午夜时分，无名高地上完全静了下来。

"啾儿，啾儿……""唧唧，唧唧……"纺织娘、金钟儿、蛐蛐儿，还有一些不知名的虫儿，轻轻奏起了小夜曲。

我和靳开来偎依在山岩下的茅草丛里。

他是个不甘寂寞的人，他贴着我的耳根问："指导员，你，在想啥?"

"我……没想啥。"

他突然冒出一句："你，没想你老婆吗?"

"这种时候，我可顾不上想她了。"

"你老婆肯定很漂亮吧? 洋味的?"

"带点洋味。不过，还是土气点厚道。"

过了会儿，他又悄声自言自语："我那小男孩四岁了，长得跟我一个熊样。下月六号是他的生日。咳……真想能抱过他亲他几口。"

我们开始闭目养神。这时，我才觉出，被汗水多次浸透的军装已硬似铁甲，双腿沉得像两根木橼一样不能打弯，周身热辣辣地胀痛。

"丁零零……"头顶上传来电话铃声，接着是咿里哇啦的喊叫声。噢，是敌堡里的敌人打电话。神经一收缩，身上的疲惫感顿然消失了。

置身于敌人的碉堡之下，我才深深地感到，这里已绝对没有啥将军后代和农民儿子的区分了。我们将用同样的血肉之躯，去承受雷，去承受火，去扑向死神，去战胜死神，一起去用热血为祖国写下捷报！

第八章

乳白色的晨雾像纱幔一样轻轻飘散，东方显出了朦胧的光亮。三颗红色信号弹腾空而起，梁三喜发出了冲锋的信号！

这时，卧在我身边的靳开来早已跃起身，他倚在岩石一侧，肩扛四〇火箭筒，眨眼间便扣响了扳机。但闻"轰"的一声巨响，敌碉堡刚喷出一缕火舌，便腾空飞上了天！

几乎是同时，离我有三十余米远的战士"北京"也肩起"八二无"，只见他身子一动，肩后便喷出长长的火龙①。

"指导员，隐蔽。"随着靳开来的喊声，我忙卧倒在岩石下。被

① 八二无后坐力炮发射时两头喷火，从后面喷出的火柱长达二十五米。

炸碎的敌碉堡的水泥块儿，像雨一般唰唰落在四周。

一声声巨响接二连三地传来，无名高地上腾起一股股硝烟气浪。显然，从左侧接敌的梁三喜他们，也进展顺利……

靳开来和战士"北京"朝前跃进，我率火力掩护组迅速占领了有利地形。这时，无名高地顶端右侧，又有两个碉堡喷出火舌……

"打！"我趴在轻机枪后扫射着，和掩护组一齐压制敌火力，把敌人的火力引过来了。

靳开来和"北京"各扛着自己的家伙，分别绕到敌堡一侧，真是炮口当刺刀，他们离敌堡都只有五十米左右的样子。只听两声巨响，又见两个敌堡飞上了天！

声声巨响过后，我们纷纷跃起身，饿虎扑食般冲上了无名高地。这时，从左侧出击的梁三喜他们也扑过来了。

扼守在堑壕中的敌人想负隅顽抗，我们劈头盖脸便是一顿猛扫，既来不及喊啥"诺松空叶"（缴枪不杀），也来不及呼啥"宗堆宽洪毒兵"（我们宽待俘虏），当敌人还没明白咋回事时，便死的死，蹿的蹿了……

战斗进行得如此干净利落，前后只用了十多分钟！梁三喜激动地拍着战士"北京"的肩说："行！真不愧是从北京送来的战斗骨干！战后，我们首先为你请功！"说罢，他大声命令大家，"赶快清理阵地，进入堑壕，防敌反冲锋！"

大家立即进入敌人遗弃的堑壕，做好战斗准备。

我当时万万没想到，战斗从这时起便进入了极其残酷的时刻。

事后，我们才清楚，仅这无名高地上就驻有敌一个加强连，而主峰上则是敌人的营部和一个 120 迫击炮排。

眼下，主峰上的敌人把一发发炮弹倾泻到无名高地上。炮弹呼啸着，在我们占领的堑壕周围炸开。浓密的烟雾，像一团团偌大的黑纱，遮住了太阳，遮住了蓝天，罩在我们头顶上。泥土、石块、敌人丢弃的枪支，合着炮弹片的尖叫声，狂飞乱迸……

每当炮击过后，敌人便从三面发起冲锋。

由于我们取得了立足点，敌人的头两次反扑被我们压下去了。但是，连里已有八名同志牺牲，十一名同志负了伤。

敌人又一次极为疯狂的炮击之后，第三次反扑开始了。

我和靳开来每人抱着一挺轻机枪，带领一排扼守在阵地西侧。这时，三十余名敌人在他们的火力掩护下，喊着、叫着，分梯次向我们扑来。

我们向敌猛烈扫射。因敌三次反扑的时间相隔太短，不大会儿，我们的枪管都打红了，不能继续射击了。

"快，拿手榴弹来！多，要多！"靳开来把帽子一丢，亮出了光头。

幸好，敌人丢弃的阵地上，到处是成箱的弹药和横七竖八的枪支，而且全是中国制造。我忙搬过一箱手榴弹，递给靳开来几枚。

"拧开盖，全给我拧开盖！"靳开来吼叫着，顺手便甩出了几颗手榴弹，"换枪，都快换枪！"

眼前有靳开来这样的勇士，懦夫也会壮起胆来！是的，越怕死越不灵，与其窝窝囊囊地死，倒不如痛痛快快地拼！

我把手榴弹盖一个个拧开，靳开来两手左右开弓，把手榴弹"嗖嗖"甩向敌群。战士们抓紧时机换了枪……

敌人射来的子弹暴雨般在我们面前倾泻，蝗虫般在我们身边乱跳。有几个战士又倒在堑壕边牺牲了。每分钟内，我们都承受着上百次中弹的危险！

……战争，这就是战争！它把人生的经历如此紧张而剧烈地压缩在一起了：胜利与失败、希望与失望、亢奋与悲恸、瞬间的生与死……这一切，有人兴许活上十年、五十年，不见得全部经历到，而战争中的几天，甚至几小时、几分钟之内，士兵们便将这些全部体味了！

阵地前又留下一片横倒竖歪的敌尸，敌人的第三次反扑，又被我们打退了。

主峰上的敌人已停止炮击，战场沉寂下来。

我和靳开来走至堑壕中间地段，碰上了梁三喜，见他左臂上缠着绷带，便知他在刚才打退敌人反扑时挂花了。我和靳开来忙察看他的伤口，他抬起左臂摇了摇："还不碍事，子弹从肉上划了一下，没伤着骨头。"

战士们把烈士遗体一个个安放在堑壕里。初步统计，全连伤亡已接近三分之一……

没有人再流泪了。是的，当看惯了战友流血时，血不能动人了！当看惯了生命突然离开战友时，活下来的人便没有悲伤了！只有一个念头，复仇！！

这时，梁三喜见三班战士段雨国倚在三班长怀中，便问："怎么，小段也负伤了？"

"没有。"三班长说，"他晕过去了，渴的。嘿，小段也算不简单，拂晓进攻时，他只身炸了一个敌碉堡。"

"看不出这小子也算有种！"靳开来不无夸奖地说。

我们坐了下来。梁三喜把他的半壶水送给三班长："快，全给他喝下去。"

三班长不接，梁三喜火了："战场上，少给我婆婆妈妈的！"

三班长把水壶里的水慢慢流进段雨国的嘴里。过了会儿，段雨国苏醒了。

三班长对小段说："这是连长的水，全连就他这半壶水了！"

段雨国慢慢睁开眼，望着梁三喜。他的嘴嚅动着，泪水顺着脸上淌下来……

我们尝到了上甘岭上的那种滋味。

在敌人反扑的间隙，梁三喜已两次派出战士在这无名高地周围到处找水，找吃的。别处均没发现有水，就敌人营房旁边有口井，但是，经过卫生员化验，井中已放上毒了。敌人已撤离的营房里，大米倒不少，一麻袋一麻袋的，麻袋上全印着"中国粮"的字样。可没有水，要大米有啥用啊！

时已中午，赤日当头，烤得我们连喘气都感到困难了。

三班长望了望我和梁三喜，嗫嚅地说："山脚下……有一片甘蔗地……"

靳开来像是没听见三班长的话，朝我伸出手："指导员，还有烟吗？娘的，我的烟昨天穿插时跑丢了！"

我摇了摇头。出发前我带着两条烟，穿插时被我扔掉了。

梁三喜掏出他的"红塔山"，一看，还剩两支。他递给靳开来一支，将另一支折一半给了我。

靳开来点起烟，贪婪地吸了两口："指导员，是否让我去搞点'战斗力'回来？"

我当然知道他说的"战斗力"是什么，便站起来说："让我带几个战士去吧，搞它一大捆来！"

靳开来站起来把我按下："还用你去？你当指导员的能有这个话，我就高兴！这犯错误的事，我哪能让你们当正职的去干！反正我靳开来没有政治头脑已经出名了，如果不死在这战场上，回国后宁愿背个处分回老家！"

战前，上级曾严厉地三令五申：进入越南后，要像在国内那样，坚决执行三大纪律八项注意，不准动越南老乡的一针一线。违者，要加倍严肃处理。

靳开来又牢骚开了："自己的老百姓勒紧了裤腰带，却白白送给人家二百个亿！今天，奶奶的，我不信二百个亿就换不了一捆甘蔗。"说罢，他转脸对三班长，"带上三班，跟我走！"

靳开来跃出堑壕，带三班走了。

我和梁三喜有气无力地在堑壕里走着，察看各班、各排的情况。

全连又有三个伤号，因流血过多和缺水牺牲了。活下来的同志们个个口干舌燥，偎依在烈日下的堑壕里，连说话的劲都没有了……

渴得要命。水，在这种情况下，不也可以说是战斗力的重要组成部分吗?!

梁三喜也坚持不住了，他和我坐下来。他倚在堑壕边上，长吁了口气。

猛然间，从高地右下方传来"轰"的一声响，我和梁三喜认为是主峰上的敌人又要进行炮击前的试射，忙一下站起来，让战士们进入射击位置，做好击退敌人反扑的准备。可等了会儿，却不见一点动静。

这时，三班长扛着一大捆甘蔗，跑进堑壕："不，不好了！我们回来的路上，副连长踩响了地雷！他……他干啥事都非得他走在前头不行，他……"三班长放声哭了。

不大会儿，三班的战士们把靳开来抬到堑壕边沿，我和梁三喜忙上前把靳开来接进堑壕里。

他躺在地上，左脚被炸掉了，浑身到处是伤。我们忙为他包扎。

他极度痛苦地翻了下身，把我们推开："不，不用包扎了……我，不行了。让……让大家吃……甘蔗吧……"

"副连长，你……"梁三喜一头扑在靳开来身上，抽泣起来。

靳开来用手抓摸着梁三喜的肩："连长，你……多保重！我……死了也没事，还有他们弟兄三个……"

"副连长……"我呜咽着。

靳开来侧脸望着我："指导员，我……是个粗人，说话冲，你……多原谅……"

"副连长……"我哭出声来了。

他吃力地用手指了指他左胸的上衣口袋："指导员，帮我拿……拿出来，不是什么豪言壮语，是……是全家福……"

我脑中倏地闪过他跟高干事说过的话，忙将手伸进他的口袋，拿出一看，是一张照片。照片上有他、他的妻子和一个四岁左右的小男孩……

我含泪忙把照片拿到他眼前，他用颤抖的手接过照片："我……要去了，让我最后再……再看一眼……"

过了会儿，他擦了擦泪对我说："副连长靳开来就是这样牺牲的。现在想起他来，使我揪心难过的并不全在于他的死。"

段雨国插话："回国后评功评模，指导员多次向团里为副连长请功。但是，副连长连个三等功也没能立上！"

赵蒙生接上说："如果按个人取得的战果评的话，我们副连长绝对可以评为战斗英雄！如果他口袋里果真有一小本豪言壮语，那就更能宣扬出去！可当我们如实把他在战场上的英勇表现写成材料报到团里，团里有人说：'靳开来此人，思想境界一贯不高，是个牢骚大王。战前提他当副连长，他说让他去送死！再说，他是为一捆甘蔗死的，严重地破坏了三大纪律八项注意且不说，死得不值得嘛！'"

"值得，他死得完全值得！"段雨国嚷起来，"是人都会有缺点，他发牢骚也不是没缘由的！不管别人怎么说，副连长在我们九连的心目中，永远是大义凛然的英雄！没有他搞来的那捆甘蔗，我们当时都渴晕了，我们能攻上 364 高地主峰吗₂!"

我们三人都沉默了。

过了一大阵子，赵蒙生长叹了口气，接下去讲述这场未完的战斗。

第九章

战斗愈来愈残酷了。

当我们每人分到的两根甘蔗刚刚嚼完，主峰上的敌人居高临下，又一次向我们实施炮击。这次炮击比前几次更疯狂，更凶狠，炮击持续了长达半小时之久。无名高地上，我们作为依托和立足点的堑壕，前后左右，到处弹坑累累。扑面的硝烟使我们睁不开眼，浓重的梯恩梯味儿呛得我们喘不过气。

炮击刚停，主峰山半腰的两个敌堡，用平射的高射机枪、轻重机枪，向我们这无名高地扫射……

显然，敌人是要从南面反扑了！

"三排，压制敌火力！"梁三喜大声喊道。

我们刚从堑壕里探出头，但见一群敌人已爬上堑壕前的陡崖，离我们只有十几米了！

"打！"梁三喜边喊边端起轻机枪，对着敌群猛扫！全连奋起向偷袭过来的敌群开火。瞬间，阵地前的敌人便被我们打得如同王八偷西瓜，滚的滚，爬的爬……

这群敌人是从主峰上下来的。他们趁炮击时我们无法观察，便越过主峰和无名高地间的凹部，偷袭到我们的阵地前沿。真险啊，如果我们稍迟几秒钟发现他们，他们就扑进我们的堑壕里来了！

当敌人的反扑又被我们打退后，敌我双方又平静下来。

这时，报务员跑到梁三喜跟前，说营长在报话机中呼叫九连。

梁三喜极其简要地向营长报告了我们攻下无名高地的经过。营长在报话机中告诉我们：营指挥所和营所属另外三个连队，离我们这无名高地直线距离还有十华里左右。预定的穿插计划因战局发展被打乱，他们已不能按预定方案按时到达预定位置了。眼下，三个连队正分头扼守山口要道，阻截从第一线溃逃下来的敌兵，保证大部队全歼逃敌。因此，他们一时腾不出兵力来支援我们。营长还收回了他昨天对我们的批评，并传达了师、团首长对我们九连的嘉奖令，说我们昨天的穿插速度是相当惊人的！……

是的，当他们也在我们昨天的穿插路上走一走时，他们便会晓得我们九连为啥误了一百二十二分钟！

"困难，你们有啥困难吗？"营长问。

"伤亡已超过三分之一，断粮断水！"梁三喜喊道，"水，主要是缺水！"

"坚持，你们想办法坚持！要坚持到明天头午，我们才能上去！"少停，营长喊道，"团首长指示，如果攻下主峰有困难，你们就坚守在无名高地上，等我们上去再说！"

"不行，我们不能在这无名高地上坚持！要死，也只有到主峰上去死！"

"怎么？你是梁三喜还是靳开来，牢骚不轻呀！"

"报告营长，靳开来已经牺牲，我是梁三喜！"梁三喜脸色铁青，"主峰上有敌人的迫击炮阵地，一个点地朝我们头上打炮。如果在这无名高地上坚持到明天头午，九连必将全连覆没！"

跟营长通罢电话，梁三喜对我说："指导员，召开个党员会吧。"

我忙通知党员开会。这时，一些不是党员的战士，也纷纷把他们早写好的火线入党申请书递到我手上，问我可不可以列席党员会。我心里一热，忙说："可以，绝对可以！"

此时要求入党，绝不是去领取一张谋取私利的通行证，而是准备向党献出一腔热血！

梁三喜对围拢过来的党员、非党员说："我们不能再被动挨炮了，要主动出击！我提议组成党员突击队，去拿下面前的主峰，去占领敌炮阵地！"

战士"北京"接上说："连长的话极有道理。看来主峰上敌兵力并不多，他们主要是靠炮来杀伤我们。只有我们站在敌炮阵地上，我们九连才能有点安全感。"

梁三喜望了望众人，宣布了两道命令：任命战前刚提升的炮排长为代理副连长，任命战士"北京"为代理炮排长。

说罢，他问我："来不及碰头商量了。指导员，你看怎样？"

我连连点头同意。眼下让谁升官，既不需升官者为自己"走后门"，更不需有人为升官者当说客，说文了叫"受命于危难之际"，说白了便是靳开来的话，给你个带头去死的差事！

战士"北京"对梁三喜说："连长，这种时候我是不会谦虚的。说实话，让我指挥一个炮排，我还是颇能胜任的。不过，我用'八二无'去炸敌碉堡还有点绝招，因此，我觉得让我作为一名炮手去行动，更能见成效。"

梁三喜一听有理，点头同意了"北京"的要求。

以党、团员为主的突击队组成了。

梁三喜当即决定：由新任命的代理副连长和他带队，分头从主峰左右侧去攻占主峰。他让我和三排留下扼守无名高地，掩护他们出击……

"连长，你的胳臂已负过伤了！"我吼了起来，"如果你觉得我赵蒙生还有种，这突击队由我来带！"

"少废话！你有没有种，战场上大家不都看到了吗？"梁三喜的眼里射出不容分说的光，"可讲指挥能力，你还不过关！行了，趁敌还未炮击，要分秒必争！"他转脸对战士"北京"一挥手，"带足炮弹，你和弹药手们先顺坡滑下去，速度越快越好！"

无名高地和主峰间是个"U"形，我阵地面前的坡崖坡陡七十多度，而坡崖的上半部又完全暴露在主峰之敌的射界下。当战士"北京"抱着"八二无"炮身，和弹药手们急速从坡崖上滑下去时，主峰山半腰的两个敌碉堡，便开始不停地封锁扫射……

"三排，压制吸引敌火力！"梁三喜命令。

三排对准敌碉堡开火，但狡猾的敌人并不理会，仍不时地朝我面前的坡崖实施拦阻扫射……

要通过这完全暴露在敌射界之下的坡崖，谈何容易啊！

梁三喜皱起眉头。稍停，他对突击队员们大声喊道："看着点！都按我的样子办！"

说罢，只见他把一挺轻机枪抱在怀中，趁敌射击间隙，飞身跃出堑壕，猛地朝山下滚进，滚进……

我惊呆了！一个基层指挥员在战斗最紧要的关头，他把忠诚、勇敢和智慧所包含的全部内容变为沉着，继而从沉着中又产生出这果断而不惜赴汤蹈火的行动！

他成功了。

突击队员们学着他的样子，瞅准敌射击间隙，一个个先后"噌噌"跃出堑壕，滚进，急速朝坡崖下滚进……

过了会儿，敌人停止扫射。无名高地上安静无事，我心中越发不安。我问自己："你不是立誓要血洗自己的耻辱吗？那你为啥不像梁三喜那样去冲锋？！"

敌人又开始拦阻扫射了。我抓过冲锋枪抱在怀中，对三排喊道："你们坚守，我过去！"

我大步跨出堑壕，横身倒在坡崖上，拼命往山下滚进……

我当时想的是：都是爹娘生的，连长梁三喜是人，我也是人，他能去做的事，我这当指导员的也应照着去做，才算称职！

也怪，滚到山底，除了感到周身麻木外，竟觉不得疼。

主峰上下全是一人多深的芭茅草，一接近它，便躲过了敌人的射界。我火速爬着赶上了梁三喜他们。梁三喜见我来了，也没责怪我。

三排仍不时向敌人射击，敌人也不断还击。我们在草丛中攀援而上，去接近敌堡……

爬了一大阵子，猫起腰便看见敌堡了。

战士"北京"对梁三喜说："连长，距离最多有五十米。放心，绝对不用打第二炮，干吧！"

梁三喜点头同意。

战士"北京"当即把炮弹装进炮膛。少许，他肩起"八二无"炮身，"噌"地站起来，勾动了扳机！然而，没见炮口喷火。

战士"北京"一下卧倒在地。敌人的子弹"嗖嗖"从我们头顶上飞过……

"怎么？是臭弹？"梁三喜问。

"嗯。是发臭弹。""北京"说着，忙把臭弹退出炮膛。弹药手赶忙又递给他一发炮弹，他又将炮弹装进了炮膛。

稍停，他又肩起炮，猛地站起身，又一次勾响了扳机，却又一次没见炮口喷火！

"哒哒哒哒……"敌人一串子弹射来，战士"北京"一头栽倒在地上！

"'北京'！'北京'同志……"我和梁三喜同声呼唤着。

一切都发生在瞬息之间！

战士"北京"倒在血泊中，身上七处中弹。中的是平射过来的高射机枪子弹，处处伤口大如酒盅，喷出股股热血……

啊，倒下了，一个多么优秀的士兵又倒下了！他连哼一声也没来得及，眨眼间便告别了人生！他二十出头正年轻，芬芳的生活正向他招手！他是那样机敏果敢，他是多么富有才华！昨天晚上，他还以将军般的运筹帷幄，为我们攻打无名高地献出了令人折服的战斗方案！可此刻，他竟这样倒下了！他从北京部队奔赴前线补到我们连，到眼下才刚刚两天，我们还不知道他叫啥名字啊！五十米的距离上，他不瞄准也绝对有把握一炮一个敌碉堡！可臭弹，该死的两发臭弹！！

梁三喜怒对爬到眼前的弹药手："他的死，你要负责任！"

弹药手沉下头不吱声。我知道，梁三喜这是由极度悲恸产生的激怒，而激怒又变为这无谓的埋怨！在同生共死的战场上，有哪位弹药手愿意出现臭弹啊！

"怎么两发都是臭弹？嗯?！"

"早晨打无名高地时，就已出现过一发臭弹。"弹药手伤心地回答梁三喜，"为啥是臭弹，你看看弹身上的标号就晓得……"

梁三喜从战士"北京"身下的血泊中，取过那发退出膛的臭弹看了一眼，递给了我。我一看，只见弹身上印着：一九七四年四月出厂。

弹药手嘟囔说："批林批孔的年月里出的东西，还能有好玩艺！那阵儿，到处都停工停产搞大批判，军工厂的工人也都不上班……"

啊，我心里一阵冷飕飕！那令人不寒而栗的动乱年月，不仅给人们造成了程度不同的精神创伤，还生产出这样的臭弹！如今臭弹造成的恶果，竟让我们在这生死攸关的战场上来吞食！

"奶奶的！"梁三喜气得像靳开来那样骂娘了，"要是再为了争权夺利，今天你搞他，明天他整你，甚至连死了两千多年的孔老二也拉出来批，我们就没个好！不用敌人打咱们，自己就把自己搞垮了台！"

这时，山左侧传来一声令人振奋的巨响，不用问，那是新上任的代理副连长带着战友们，把敌碉堡炸掉了！

我们上面敌堡中的枪又急骤地响起来，一串串子弹从我们头顶上掠过……

梁三喜问弹药手："还有几发炮弹？"

弹药手说："还有九发。有六发是七四年四月出厂的。"

"真他娘的见鬼！扔了，把那六发全给我扔掉！"梁三喜气极了，厉声对弹药手，"你动作快点，给我拿发好弹来！"

梁三喜从战士"北京"身下双手摸过血染的炮身，把那发还在炮膛中的臭弹猛一下退出来，忿然甩出老远！他接过弹药手递过来的炮弹，一下装进了炮膛。

梁三喜肩起炮身，说时迟，那时快，他猛地站起来，眨眼间便见炮口喷火！炮弹"轰"地炸开，敌碉堡被炸得粉碎……

碎石泥尘还在唰唰下落，我们便跃起身，迎着硝烟气浪向前扑去！

上来了！上来了！从左右两侧出击的突击队员，还有从主峰正面待机冲锋的步兵一排，一齐呐喊着，冲上了山顶！

我们，终于站在了364高地主峰上！

"注意搜索残敌！"梁三喜命令说。

我放眼望去，山顶上敌堑壕里一片狼藉，空无一人。位于山顶右侧的炮阵地上，有十几门横倒竖歪的120迫击炮，遍地是待发的炮弹，还有那一箱箱未开封的炮弹箱摆在周围……这时，我才更觉出梁三喜判断的准确，决策的正确！如果不攻占这炮阵地，我们坚守在无名高地上是会全连覆没的！

山顶上到处是巉岩怪石。我们沿着堑壕南边向西搜索。

段雨国兴冲冲地来到我和梁三喜身边："连长，指导员，胜利啦，我们终于胜利啦！这次战斗，能写个很好的电影剧本！"

我望着段雨国那副乐样儿，真没想到他也攻上了主峰！

"隐——蔽！"只听身后的梁三喜大喊一声，接着我便被他猛踹了一脚，我一头跌进堑壕里！跟着传来"哒哒哒"一阵枪响……

当我从堑壕里抬头看时，啊！梁三喜——我们的连长倒下了！

我不顾一切地扑过去。

"连长！连长！"我一腚坐在地下，把他扶在我怀中……

他微微睁开眼，右手紧紧攥着左胸上的口袋，有气无力地对我说："这里……有我……一张欠账单……"

一句话没说完，他的头便歪倒在我的胳臂弯上，身子慢慢地沉了下去，他攥在左胸上的手也松开了……

我一看，子弹打在他左胸上，打在了人体最要害的部位，打在了他的心脏旁！他的脸转眼间就变得蜡黄蜡黄……

"连长！连长！"战士们围过来，哭喊着。

"连——长！"段雨国扑到梁三喜身上号啕起来，"连长！怪我……都怪我呀……"

梦，这该是场梦吧？战斗就要结束了，梁三喜怎么会这样离开我们！当理智告诉我，这一切已在瞬息间千真万确地发生了时，我紧紧抱着梁三喜，疯了似的哭喊着……

讲到这，赵蒙生两手攥成拳捶打着头，泪涌如注。他已完全置身于当时的场景中了。

我用手擦着不知啥时流下的泪，为梁三喜的死感到极为惋惜和沉痛。

过了良久，赵蒙生才抬起泪脸，喃喃地对我说："子弹，是一个躲在岩石后面的敌人射过来的。显然，梁三喜最先发现了敌人，如果他不踹我那一脚的话，他完全来得及躲开敌人，可为了我，他……"

段雨国内疚地哽咽说："怪我，都怪我啊！怪我当时让胜利冲昏了头脑，才使指导员光顾了跟我说话，才使连长他……"

停了会儿，赵蒙生接上说："痛哭过后，我想起梁三喜临终前没说完的那句话，我从那热血喷涌的弹洞旁边，从他那左胸的口袋里，发现了这……"赵蒙生说着，从一本硬皮日记本里，拿出一片纸，用瑟瑟发抖的手递给我，"你……你看看……"

我接过一看，这是一张血染的纸条。这纸条是三十二开笔记本纸的小半页，四指见方。烈士的笔锋刚劲，字迹虽被血浸染过，但依然清晰可辨。只见上面写着：

我 的 欠 账 单

借：本连司务处 120 元

借：团部刘参谋 70 元

借：团后勤王处长 40 元

借：营孙副政教 50 元

……

梁三喜烈士留下的这张欠账单上，密密麻麻写着十七位同志的名字，欠账总额是六百二十元。

我顿感头皮麻嗖嗖的！眼下，我虽还不知梁三喜为啥欠了这么多的账，但我已悟出，为啥赵蒙生在前面的讲述中，一再讲到梁三喜抽的是黑乎乎的旱烟末，连块手表也没有，用的牙刷只剩"八撮毛"……

赵蒙生叹息了一声，对我说："三年多来，这血染的欠账单一直像沂蒙山中那古老的碾盘一样，重压在我的心上。每每看到它，我便百感交集。我常常这样想，梁三喜临终前那句没说完的话是：'这里有我一张欠账单，我欠的账还没偿还，还没偿还啊……'"

我们又陷入沉默中。

过了会儿，我问："那么，最后战斗是怎样结束的？"

赵蒙生仍在擦泪，没有回答我。

段雨国说："当时，一串子弹射来之后，我见连长倒在地上，我误认为连长是就地卧倒隐蔽。我抬头一望，见前面岩石上有个黑影，一晃便不见了。我跑过去一看，也没见敌人在哪里。这时，又过来几位战士，我们一齐搜索，才发现岩石右下侧有个洞口。我返回身来想报告连长时，见连长已牺牲在指导员的怀中。我扑上去就哭起来……当我含泪告诉指导员敌人已钻洞，指导员疯了般地站起来，喊着要手榴弹……"

赵蒙生摆手制止段雨国："算了，算了！不必讲那些了！"

"实事求是嘛！总得让如实记录这个故事的作者同志，对这场战斗有个大概的了解。"段雨国接上对我说，"……指导员把十几枚手榴弹捆在一起，谁也拽不住他，他像疯了一样跑到洞口边，一下就钻进洞去。过了会儿，我们先是听到一阵枪声，接着是闷雷般的巨响。当时大家心想，指导员肯定牺牲了。我们打着手电，一个个钻进洞中，先把指导员抬了出来，见他额角上流着血，臀部也负了伤，他人事不醒了。接着，我们呼啦啦拖出九具敌尸，洞中的九名敌人，全让指导员那捆手榴弹给报销了！……"

"行了，别塑造我的形象了！"赵蒙生内疚地说，"比比梁三喜、靳开来、战士'北京'、司号员小金，我算个啥！我不过是让军长和战友们骂上战场的懦夫而已！如果说我还没有愧为炎黄子孙，那是烈士们用热血净化了我的灵魂。"停了停，他望着我，"不过，使我的心灵受到更大更剧烈震动的事情，还不是在战场上，而是在打完仗之后发生的。那石头人听了也会为之动情的故事，我当时万万没有想到，你现在也绝对猜不到。那么，让我给您继续讲下去吧——"

第十章

我们九连就打了这一仗。

当我抱着手榴弹闯进敌洞时，洞内漆黑啥也看不见。我贴着洞壁朝前摸，摸进十几米，才听见里面有动静。敌人显然也听到我进来了，射来一串子弹，却没有打中我。我便将一捆手榴弹拉了弦，扔了过去。之后，我就啥也不知道了。

后来，是代理副连长带领大家，像掏老鼠洞一样又掏了两个敌洞，又炸死了十三个敌人，战斗便胜利结束了。

我是被自己甩出去的那捆手榴弹炸晕的，伤得并不重。这时，我们营的七连奉命赶到 364 高地，接替了我们九连。

我先是被送到师战地医院，接着又转到国内。十几天后，我的伤就痊愈了。

整个部队班师回国，凯旋门前是人海鲜花，颂歌盈耳；庆功宴上是玉液琼浆，醇香扑鼻。当活下来的我重新体味生活的美好和芳香时，一想起连里殉国的英烈们，我的心情分外沉重。

部队展开了评功活动。军里决定报请军区，授予我们九连为"能攻善守穿插连"的荣誉称号。经过群众评议，我们九连党支部决定报请上级党委，分别授予梁三喜、靳开来，还有不知姓名的战士"北京"战斗英雄称号……

对梁三喜和"北京"同志，团里没有争议。对靳开来，不管我们党支部怎样坚持，却连个三等功也不批！这时，有人竟提议授予我英雄称号，说我在战斗最困难的时刻，第一个只身闯进敌洞炸死九个敌人，称得上什么"模范指导员"！

我被刺眼的镁光灯和接踵来访的记者包围了。

记者们对我好像尤其感兴趣，连我的名字也具有特别的诱惑力。有位记者说我当年出生在沂蒙战场上，现在又在战场上立了功，很值得宣传。他以抢新闻的架势找到我，对我进行单独采访。并说他已想好了一篇通讯的题目，正题是《将门生虎子》，副题——记革命家庭熏陶下成长起来的英雄赵蒙生。他让我围绕着这个题目提供材料。我当即把我参战前后的情况如实给他说了一遍，一下打乱了他的构思。但他仍坚持要宣传我，并说了一大套理由：什么报道要有针对性啦，用材料要去芜存精啦，因此不需面面俱到，要以正面表扬为主……

我坚决拒绝了他："要写，就真真实实地写，别做'客里空'式的文章！"

是的，战争刚刚打罢，烈士尸骨未寒，我怎敢用烈士的鲜血来粉饰打扮自己！

评功活动完结后，接着进行烈士善后工作。我们连在全团是伤亡最大的连队。团里派出专门的工作组，来帮助我们做这项工作。

烈士善后工作进行得极为顺利。烈士的亲属们深知亲人是为国捐躯，个个深明大义，没有谁向我们提出过任何超出规定的要求。他们最关心的是亲人怎样牺牲的。我向他们一一讲述烈士的功绩，并把授给烈士的军功章捧献给他们……

但是，当我面对靳开来的妻子和那四岁的小男孩时，我为难了。我向烈士的遗妻和幼子，讲述了副连长怎样带尖刀排为全连开路，怎样炸毁了两个敌碉堡，又怎样坚守无名高地消灭敌人。当然，我省去了副连长带人去搞甘蔗的事，我只说副连长在阵地前找水踩响了地雷……

当靳开来的遗妻抬起泪眼望着我，对这位来自河南禹县一个公社社办棉油厂的合同工，我已无言安慰。所有烈士的亲人都有一枚授予烈士的军功章（大部分是三等功），唯独她没有……

我拭泪把我的一等功军功章双手捧给她："收下吧，这是我们九连授给一等功臣靳开来烈士的勋章！"

这位憨厚纯朴的女合同工，双手接过军功章捧在胸前凝望着。过了会儿，她才把这军功章连同靳开来烈士留下的那张全家福一起包进手帕，小心翼翼地珍藏起来。

她带着那四岁的小男孩，不声不响地离开了连队。

谢天谢地，她并不晓得连队是无权决定给谁立功的（哪怕是记三等功）！我默默祝愿，祝愿那枚军功章能使她在巨恸中获得一丝慰藉，也企望那四岁的孩童在晓明世事之后，能为父辈留给他的军功章而感到自豪！

烈士亲属们都一一返回了，唯独不见梁三喜和"北京"同志的亲属来队。团政治处已给山东省民政部门发了电报和函件，请他们尽快通知梁三喜烈士的亲属来队。战士"北京"的真实姓名，在部队回国后我们通过查找对号，得知他叫薛凯华。参战前一天从兄弟军区火速赶来的那批战斗骨干，团军务股存有一份花名册。当时把他们急匆匆分到各连后，几乎所有的连队都没有来得及登记他们的姓名。因此，全团有好几个连队都出现了烈士牺牲时不知其姓名的事情……

团、师、军三级党委，决定重点宣传梁三喜的英雄事迹，让我们连多方搜集梁三喜烈士的遗物、照片、豪言壮语以及有宣传价值的家信等等，以便送到军区举办的英雄事迹展览会上展出。

当我着手组织这项工作时，确实作难了。

梁三喜的遗物，除了一件一次没穿过的军大衣外，就是两套破旧的军装。团里派人把两套旧军装取走了，因那打着补丁的军装，足能说明烈士生前身先士卒，带领全连摸爬滚打练硬功。团里听说梁三喜有支"八撮毛"的牙刷，又派人来连里寻找，因那"八撮毛"的牙刷，足能说明烈士生前崇尚俭朴。然而，很可惜，在那拼死拼活的穿插途中，梁三喜已把牙刷、牙缸全扔在异国的土地上了……

至于照片，我们到处搜集，也没能找到梁三喜生前的留影。最后，我们从师干部科那里，从干部履历表中，才找到一张梁三喜的二寸免冠照。这为画家给烈士画像，提供了唯一的依据……

我是多么悔恨自己啊！我曾身为摄影干事，下连后还带着一架我私人所有的"YASHICA"照相机，却未能为梁三喜摄下一张照片！

至于梁三喜写下的豪言壮语和信件，我们也一无所获。梁三喜是高中二年级肄业入伍的，按说他应该写下很闪光的文字。但是，我们只找到一本他平时训练用的备课笔记本，全是些军事术语，丝毫不能展现烈士的思想境界……

参战前后，他在戎马倥偬中为我们留下的，就是那张血染的欠账单！

这天，我把欠账单拿到团政治处，想让团领导们看一下。然而，无独有偶，团政治处的同志告诉我，这样的欠账单并不罕见。在全团牺牲的排、连干部中，有不少烈士欠着账。五连牺牲了四个干部，竟有三个欠账的。这些欠账的烈士，全是清一色从农村入伍的。他们欠账的数额不等，其中，梁三喜欠账的数额最多。

看来，我对从农村入伍的排、连干部，以及那些土里土气的士兵们的喜怒哀乐，还是多么不知内情啊！

时间又过去了几天，仍不见梁三喜烈士的母亲及妻子来队。我多次催团政治处打听联系。这天，政治处来电话告诉我，他们已数次给山东省民政部门去过长途电话，查问的结果是：梁三喜烈士的母亲梁大娘、妻子韩玉秀，她们抱着个刚出生三个多月的女孩，起程离家已十多天了。

啊，十多天了？乘汽车，坐火车，再乘汽车……我掰着指头算行程，她们祖孙三代早该赶到连队来了呀！莫不是路上出了啥事？那可就……

我后悔自己工作不细，恨当初为啥不建议团政治处，让连里派人赶往山东沂蒙山，去接她们祖孙三代来连队……

我们连驻地不远有公共汽车停车点，我派人到停车点接了几次没接到，我更是忧心忡忡，日夜不安……

这天中午，师里的丰田牌轿车开进连里。我一看，是妈妈来了！

我忙把妈妈迎进宿舍里，给她倒了杯水："妈……今天刚赶来？"我不知说啥是好。

"咳！坐飞机，乘火车，师里派车在车站接到我，我到师里坐了一会儿，就来了。"

我与妈妈相对而视，沉默无语。

妈妈比我临下九连回家休假见她时，明显消瘦了。她脸上失去了往常那乐悠悠的神采，眼圈周围有些发乌。

"你……怎么不给妈写信？"

"回国后事情太多。"

"你……你知道妈这些日子是怎样熬过来的呀！"妈妈眼泪汪汪，"妈是从报纸上……看到你们九连……妈才知道你没……"

我无言对答。

"那天晚上，妈要了三个多小时的电话，才……才好不容易要到'雷神爷'。谁知，竟挨了他一顿……臭骂！打那，妈就夜夜做噩梦，一会儿梦见'雷神爷'用手枪指着你，让你去……去炸碉堡，一会儿又梦见你满脸是血，呼唤着妈妈……"妈妈抹着泪，"妈知道在那种时候打电话也不应该，可'雷神爷'他……他也太不讲情面了！妈是快往六十岁上数的人了，生来也不是怕死鬼！可妈就你这么一个儿子呀，要死，妈宁愿替你去死！"妈妈伤心地抽泣起来。

我该说啥呀？我没有资格责怪亲爱的妈妈！

妈妈的老家在皖北。早年间外祖父一家一贫如洗，妈妈八岁上就卖给了地主当丫头。一九三八年，国民党政府为躲过日寇南逃，炸开了花园口黄河大堤，造成了豫东、皖北骇人听闻的黄泛。咆哮的洪水使外祖父一家全部丧生。妈妈当时十六岁，她是抱着地主家一只洗衣的木盆，才大难未死！当年秋，她只身流浪到沂蒙山投身革命，后来当过团卫生队的卫生员、护士长，"地下医院"的指导员，师卫生科长……再后来她随大军打济南，战淮海，长驱南下……妈妈参加过上百次战斗，满满一手帕勋章闪耀着她光辉的经历。她那九死一生的传奇经历，能写一部比砖头还厚的书啊！……

而我，只不过刚刚参加了一次战斗！

我感到心中燥热难捱，便摘下了军帽。

"天！这……这是怎的？"妈妈发现了我额角上的伤疤，"是……是枪伤？"

"不是。是被手榴弹片儿划了一下。"

"天呀！一点点……只差那么一点点就……"妈妈的声音在打抖，"疼，还疼吗？"

我摇了摇头。

望着不时拭泪的妈妈，我心中像打翻了个五味瓶。妈妈是那样宠我，疼我，爱我，到眼下还把我当成小伢儿一般！我也曾为有这样的妈妈，感到无比自豪、幸福、温暖！可眼下，妈妈的一举一动，竟使我有种说不出的滋味。就连戴在妈妈手腕上那块"欧米格"坤表，和那熠熠生辉的表链，过去我觉得那样受看，眼下却觉得有些刺眼了。

"蒙生呀，咱不穿军装往回调啦，省得央这个求那个！"妈妈擦干泪说，"血，你也为祖国流了！问心，咱也无愧了！边境线上看来还安稳不了，干脆就脱了军装转业吧！"

我摇了摇头。

妈妈吃惊地望着我："怎么？你……"

"……"我不知该如何回答妈妈。

此时，我只是觉得：母爱是神圣的，也是自私的！

第十一章

我妈妈来队的第二天傍晚。

我正和妈妈一起在宿舍里吃晚饭，段雨国急匆匆地闯进来："指导员，快，连长的一家来队了！"

我扔下碗筷，赶忙跟着段雨国来到接待烈士亲属住的房子里。

战士们正你出他进地忙乎着。见我进来，梁大娘和韩玉秀站了起来。床上睡着那刚出生三个多月的女娃。

段雨国对梁大娘说："大娘，这是我们指导员！"

老人直朝我点头："唔，唔。让你们操心了……"

梁大娘看上去年近七十岁了。穿一身自织自染的土布衣裳，褂子上几处打着补丁。老人高高的个儿，背驼了，鬓发完全苍白，面孔干瘦瘦的，前额、眼角、鼻翼，全镶满了密麻麻的皱纹。像是曾患过眼疾，老人的眼角红红的，眼窝深深塌陷，流露出善良、衰弱、接近迟钝的柔光，里面像藏着许多苦涩的东西。如果是在别的地方偶然遇上，我怎会相信这就是连长的母亲啊！

我连忙双手扶着老人："大娘，您快坐下吧。"

我把大娘扶到床沿坐下，转脸对韩玉秀："小韩，您也坐下。"

玉秀刚坐下，床上的孩子醒了，哇哇直哭。玉秀忙转过身去给孩子喂奶，轻声哄着啥事还不知的孩子："盼盼，好闺女，莫哭，莫哭……"

"大娘，听说你们上路十几天了，怎么才到……"

没待我说完，段雨国贴着我的耳根告诉我，大娘她们下了火车，是步行赶来连队的！

"啥?!"我心里打了个寒悸。

从火车站到连队驻地一百六十多华里，难道这祖孙三代是翻山越岭，一步一步挪来的? 这时，我发现大娘和玉秀的鞋上、裤角上全沾满了南国殷红色的泥巴。昨天刚落过一场雨，路该是多难走哇！

段雨国对梁大娘说："大娘，下了火车站不远就是汽车站，汽车能直接开到我们连的山脚下。怎么? 你们没打听着有长途汽车站?"

玉秀小声说："打听着了。"

大娘接过话："庄稼人走点路，不碍事。"

"你们在路上走了几天呀?"段雨国又问。

"四天带一过晌。"玉秀边给孩子喂奶边说，"要不是老打听路，走得兴许还快些。"

我忙给段雨国递个眼色，不让他再问了。

在邀请烈士亲属来队时，团里已寄去了足够用的路费。这祖孙三代下了火车步行而来，是将路费用在别的事上了，还是为了省出几块钱?! 梁三喜留下的那六百二十元的欠账单，足以使我晓得梁大娘一家的日子过得该是有多难……

炊事班长带着几个战士，端着刚出锅的面条和四碟儿菜走进来。他们把面条盛进碗里，让大娘和玉秀坐到桌前吃饭。

这时，大娘从床上摸过一个包干粮的包袱。包袱是用做蚊帐用的那种纱布缝的，沾满了旅途上的尘埃。大娘解开快空了的包袱，我一看，里面包着的是些黑乎乎的碎片儿，还有几个咸萝卜头。大娘用手抓着那些碎片儿，朝面条碗里放……

炊事班长上前抓住大娘的手："大娘！别吃这烂瓜干做的煎饼了！瞧，都挤成碎渣渣了……"

"带在路上吃没吃完。孩子，吃了不疼撒了疼，用汤泡泡还能吃。"大娘说着，又把那煎饼渣儿往碗里捧……

我眼里湿了。此时，只有此时，我才真正明白，梁三喜生前为啥因我扔掉那一个半馒头而大动肝火啊！

大娘和玉秀安歇后，我打电话报告团政治处值班室，说梁三喜烈士一家已来到连队。

接电话的是搞报道的高干事。他告诉我，一个月前，团政治处已给梁大娘和韩玉秀去过两次信，让她们来队时一定带上梁三喜生前的照片和写的家信。高干事让我务必抓紧时间问一问照片和家信带来了没有。因为军区举办的"英雄事迹展览会"即将开馆展出，梁三喜烈士的照片和遗物都太少，军、师政治部已多次来电话催问此事……

次日早饭后，我又去看望大娘和玉秀。

屋内已坐着几位战士和几位班、排长。玉秀去年（七八年）三月间曾来过连队，他们跟她早就认识。

玉秀显得很是年轻，中上等的个儿，身段很匀称。脸面的确跟靳开来生前说的一样，酷似在《霓虹灯下的哨兵》中扮演春妮的陶玉玲。秀长的眉眼，细白的面皮，要不是挂着哀思和泪痕的话，她一定会给人留下一种特别温柔和恬静的印象。她上身穿件月白布褂，下身是青黑色的布裤，褂边和裤角都用白线镶起边儿，鞋上还裱了两绺白布（后来我才知道，她是按古老的沂蒙风俗，为丈夫服重孝）……

见我进屋，她站起来点了点头，脸上闪出一丝笑容，算是打招呼。然而，那丝笑就像在暴风雨中开放的鲜花一样，转眼便枯萎了，凋谢了，令人格外伤感。

大家都默默地抽烟，好像都不知该对烈士的老母和遗妻说啥才好。

昨天晚上，我已对全连讲过，关于梁三喜留下"欠账单"的事，谁要是有意无意地透露给烈士亲属知道，没二话，都要受处分！大家含泪拥护我定的"土法令"……

此时，我琢磨着该怎样把话题引出来。我想应该先向大娘和玉秀介绍连长在战场上的英雄壮举，然后再问及照片和家信的事。但一看见床上躺着的那才三个多月的女娃和低头不语的玉秀，我的心就隐隐绞痛。

如果不是我下到九连搞"曲线调动"，上级派别的指导员来九连的话，梁三喜怎会休不成假啊！那样即使他在战场上牺牲了，他与妻子不也能最后见一面吗？再说，战场上梁三喜如果不是为了救我，他也不会……

"秀哪，队伍上不是打信说要三喜的照片啥的。"大娘对玉秀说，"你还不赶紧找出来。"

玉秀忙站起身，从床上拿过个蓝底上印着白点点的布包袱，从衣服里面找出半截旧信封递给我："指导员，别的没有啥，他就留下过这两张照片。一张是他五岁那年照的，一张是他参军后照的。"

我接过半截信封，先摸出一张照片，一看是梁三喜的二寸免冠照，这和他的干部履历表中找到的照片，无疑是一个底版。

当我取出第二张照片看时，那变得发黄的照片使我一怔：照片上有位三十五六岁的农家妇女，墨黑的头发，绾着发髻，慈祥的笑脸，健康丰满。在她的怀前，偎依着两个一般大的小男孩。照片上方有行字：

大猫小猫和母亲合影留念　1952 年 5 月于上海

"啊！"我像触了电一样惊叫一声。这照片我不也有一张吗？就夹在我上高小时用的那本相册里……

我脑子嗡嗡响，转身对着梁大娘："大娘，这照片上……"

大娘探过身来，用手指着照片："这边这个孩子叫大猫，就是俺那三喜。那边那个孩子叫小猫，是队伍上的孩子。这照片，是大娘俺有一年到上海去送小猫时，抱着两个孩子照的……"

霎时，我觉得眼前一阵发黑，周身像处在飘悠悠的云端里！啊，命运之神，你安排过芸芸众生多少幕悲欢离合啊……

在我十几岁之前，妈妈不止一次对我讲过：那是一九四七年夏，国民党向山东沂蒙山区发动了重点进攻。孟良崮战役之后，为彻底粉碎敌人的进攻，我主力部队外线出击去了。

这时，我出生了。妈妈生下我第三天，她患了"摆子病"（沂蒙土话，即疟疾），一点奶水也没有。我饿得哇哇直哭。地方政府派人把妈妈和我送到蒙山①脚下的一个山村里。村中有位妇救会长，是当时鲁中军区的"支前模范"。她也生了个小男孩，那男孩比我大十天。就这样，那位妇救会长用两个奶头喂着两个孩子。为躲过还乡团的搜查，她把她的孩子取名大猫，叫我是小猫，说大猫小猫是她生的一对双胞胎……

----

① 沂蒙山是由沂山和蒙山两道纵横百里的山脉组成的。

妈妈也曾多次对我说过，那妇救会长待人可好啦，有奶水先尽我这小猫哑，宁肯让大猫饿得哭。妈妈在那妇救会长家中过了满月，治好了"摆子病"，接着又随军南下了……

直到我将近五岁时，那妇救会长才把我送到上海，送到爸妈身旁。当那妇救会长带着大猫悄悄走了之后，有十几天的时间，我天天哭着找娘，哭着找大猫哥哥……

"指导员，你……"

"指导员，你怎么啦？"

恍惚中，我听见战友们在喊叫我。

"大娘！"我大喊了一声，扑进了梁大娘怀中。

大娘轻轻推开我："孩子，你……你这是咋啦？"

"大娘，我……我就是那个小猫！"

"啥？！"大娘一下放开我，用手擦擦红红的眼角，望望我，摇了摇头，"不，不会……吧！"

"是！大娘，我真是那个小猫！"我哭喊着。

"你……你真格是当年赵司令的孩子？"

"嗯。打孟良崮时，他是纵队司令员。"

"你妈姓吴？叫……"

"嗯。她名叫吴爽。"

大娘又愣了会儿，当我又伏进她怀中时，她用手抚摸着我的头，喃喃地说："梦，这不是梦吧……"

我伏在梁大娘怀中，心潮翻涌：啊，梁大娘，养育我成人的母亲！啊，梁三喜，我的大猫哥！我们原本都不是什么龙身玉体，我们原本分不出高低贫贱！我们是吃一个娘的奶水长大的，本是同根生啊！……

第十二章

这意外的重逢，使我的心灵受到多么剧烈的震动，是可想而知的。

当我拿着那颜色变得发黄的照片让妈妈看时，她也蓦然惊呆了。

妈妈让我领她来到梁大娘一家住的房子里。

梁大娘慢慢站起来，和妈妈对望着。显然，她俩谁也很难认出谁了！

一九五二年五月，当梁大娘把我送交爸妈身边后，头几年我们两家还常有书信往来，逢年过节，妈妈总忘不了给梁大娘家寄些钱。我家也常常收到梁大娘从沂蒙山寄来的红枣、核桃、花生等土特产。后来，妈妈给梁大娘家写信逐年减少。十年动乱开始后，更是世态炎凉，人情如纸，两家从此便音讯杳然，互不来往了……

"梁嫂，您……"颇具"外交才华"的妈妈，此刻竟笨口结舌了。

"老吴，果真是老吴不成？"梁大娘满脸皱纹绽出了笑容，"当年，你管俺叫梁嫂，让俺喊你爽妹子，是吧？"

"是。"妈妈应着。

"老吴！"梁大娘上前挪动了两步，用枣树皮般的双手，激动地抚摸着我妈妈的两只胳臂："前些年那么乱腾，你能好胳臂好腿地活过来，不易哪！那帮奸臣，天打五雷轰的奸臣，可把你们整苦了哇……"

妈妈无言以对。

梁大娘上下打量着我妈妈："一晃眼快三十年没见了。嗯，你没显老，没显老呀。赵司令（她称的是我爸爸当年的职务），他也好吧？"

"嗯。好。"妈妈点头应着。往常，每当别人说起爸爸挨斗的事，妈妈可总是滔滔不绝呀。

"只要你和老赵都好，俺和村里人也就放心啦。"梁大娘叹口气，"咳！刚乱腾那阵，有人到俺那里调查你和老赵，问你们是不是投过敌，俺当场就没给他们好颜色！沂蒙山人嘴是笨些，可不会昧着良心说话呀。在俺那一块儿，谁不知你和赵司令！好人，你们是天底下难寻的好人啊。打天下那阵，你们流过多少血哪……唉……唉……"梁大娘撩起衣襟擦了擦眼睛。

"梁嫂……您，坐下吧。"妈妈扶着梁大娘坐下。

我和玉秀也坐了下来。

此时，我看出妈妈的神情是极其复杂的。梁大娘对我们越是无怨言，我和妈妈越觉不是味。

妈妈望着梁大娘："梁嫂，您一家也都……"

"这不，俺一家子都来了。"梁大娘心平气静地说，"这坐着的是儿媳妇玉秀，那睡着的是孙女盼盼。"

沉默。

"咳——"梁大娘长叹一声，对我妈妈说，"俺那老大你没见过他，可你知道他。他小名叫铁蛋，当儿童团长时起大号叫大喜。大喜八岁就给咱八路跑交通，十二岁叫汉奸抓了去……"

梁大娘不朝下说了。

这时，我想起童年时，妈妈曾给我绘声绘色地讲述过那铁蛋送信的故事。

铁蛋八岁就当小交通员，送过上百次信，没出一次差错，老交通和首长们常夸铁蛋机灵。铁蛋十二岁那年，一次送情报让汉奸发现了。当铁蛋把纸条儿搓成团吞进肚里时，让汉奸抓住了。鬼子逼铁蛋的口供，汉奸用锤子把铁蛋满口的牙一个个全敲掉了，铁蛋没吐一点风声。鬼子把刺刀戳在铁蛋的鼻尖上，说再不开口就挑死他。铁蛋啥也没说，被鬼子用刺刀活活地挑死了……

啊，沂蒙山的母亲！你不仅用小米和乳汁养育了革命，你还把自己的亲骨肉一个个交给了民族，交给了国家，交给了战争啊！

半晌，妈妈又问梁大娘："梁嫂，您不是还有个比蒙生他们大两岁的儿子，叫……叫栓……"

"你说俺那栓牢呀，他大号叫二喜。"梁大娘转脸对玉秀，"秀儿，二喜他是哪一年没的?"

"六七年'反逆流'的时候，二喜哥他……"

"这流那流俺说不上来，反正是那年夏天。那阵沂蒙山中老虎拉碾，一下子乱了套! 老干部一个个都挨批挨斗，越是庄户人觉得好的老干部，越是没个好。你要不是跟他们去反啥流，他们就把你往死里揳! 庄户人看不过，便护着老干部，成群结队地沿着沂河往南奔，躲进了大南边的马陵山①……

"一天深夜，当年在俺家住过的张县长躲进俺家来了。家里哪能藏住他，二喜便护着他连夜走了。他俩白天藏，夜里赶，一块上了马陵山……

"没多久，从济南府用大卡车拉来了'棒子队'，说是要剿灭'上了马陵山的土匪'②。那'棒子队'多得看不到头，望不见尾。

①　马陵山位于鲁南和苏北交界处。

②　一九六七年，篡夺了山东大权的第一把手，在全省发动了所谓"反逆流"运动，首先把黑手插进了临沂地区。一大批干部和群众被逼上了马陵山。当权者便把这些干部和群众诬蔑为"马陵山游击队土匪集团"，下令从山东各地抽调了大批武装起来的"棒子队"，开进了沂蒙山区。当权者提出的行动纲领是："不打则已，打则必歼。"据一九七八年十二月二日《大众日报》载，当时临沂地区有四万多人被抓捕、关押、惨遭毒打。其中有五百六十九人被打死，有九千多人被打伤致残。当地驻军因不支持"反逆流"，有两千多名指战员也横遭毒打，有的被活活打死，有的被打伤致残。革命老根据地沂蒙山受到空前的浩劫，成为十年动乱中山东有名的"重灾区"。

那架势，比'蒋该死'当年重点打咱沂蒙山半点也不差，甩了手榴弹，动了机关枪，也放了大炮。二喜是让人家用炮打死的。听说那一炮就打死了十多个庄稼汉，就地挖坑埋了。到现今，连二喜的尸首也不知埋在哪里……

"唉，不细说了。过去了，这些都过去了。唉……"

也许梁大娘的眼泪在早年间已经流尽，也许是因二喜的惨死已时隔十余年，老人轻声慢语讲这些事时，毫不像诉说她自己的命运，而像在讲述古老的《天方夜谭》。

妈妈用手帕擦了擦泪汪汪的眼。过了会儿，她声音发颤地对梁大娘说："难道梁大哥他，他也是在……动乱中……"

"你说三喜他爹呀。他是在杀树挖坑那一年……"

玉秀轻声打断婆婆的话："是批林批孔，不是杀树挖坑。"

"不管是咋说法，反正是'割尾巴'杀枣树那年春天，三喜他爹才得的气臌症。"梁大娘转脸对我妈妈说，"老吴，蒙生离开俺枣花峪时还小，记不得事。你知道俺枣花峪为啥叫枣花峪，就是仗着枣树多呀。光村南半山坡上那片枣林子，就有两千三百多棵枣树呀。每逢枣花开时，喘口气都是香喷喷的。那片枣林子是俺村的命根子，当家的打油买盐指望它，大闺女小媳妇扯块花布也指望它呀……

"老吴，你知道，俺家三喜他爹推着小车往淮海运军粮时，腿上挨过'蒋该死'的炮弹片儿。办初级社后，他别的重活干不了，就一直在村南半山坡上看枣林子。那片枣林子，大炼钢铁时被伐了一些炼了铁，但还没有挖坑刨根。后来又栽上了枣苗，那片枣林子越长越喜人了……

"可到了杀树挖坑那年，上面派来了'割尾巴'小分队，硬逼着俺们伐了枣树修大寨田。眼看着枣树一棵棵被伐倒，三喜他爹心疼地趴在地上嗷嗷大哭。山上有棵最老的枣树，是蒋匪军当年上山伐木修工事时漏下的，村里人都叫它'老头树'。三喜他爹搂着那棵'老头树'，说啥也不让人家伐，说他宁可跟'老头树'一块遭斧头。结果，人家一脚把他蹬了个大轱辘子，他滚到一边就爬不起来了。他当场气晕了……

"左邻右舍用门板把他抬回家，打那他就得了气臌症。天天躺在炕上，'噗——噗——'一口一口，不停地朝外捯气……

"转年夏天，一场大雷暴雨下来，全村老少修了一年的那大寨田，被大雨冲了个溜溜光。泥土全随着雨水流进了沂河，别说再回过头来栽枣树，山坡上连棵草也不爱长了……

"这事，村里人谁也没敢告诉三喜他爹。他躺在炕上一个劲地捯气。他一病就是两年多，可把在队伍上的三喜拽拉苦了。三喜一心想把他爹的病治好，一次次邮钱来，让我给他爹去抓药。那阵，三喜跟玉秀还没成亲，可多亏了玉秀忙里忙外地跑呀。洋药吃了又吃中药，熬了多少中药，玉秀最清楚不过了。到头来，钱花够了，三喜他爹也咽了气……"

啊，直到眼下，我方明白，梁三喜为啥会留下那六百二十元血染的欠账单！

停了会儿，梁大娘对我妈妈说："三喜他爹临死那阵还叨念，说

115

杀枣树那当口，如果赵司令在就好了。按赵司令那脾气，准会给那帮人一顿匣子枪不可。"

我和妈妈都没作声。即使我爸爸当时在场，他又有啥法子呢？我清楚，这些年来，我爸爸也说过不少违心话，办过不少违心事啊！他当年那带棱角的"脾气"，早已在"大风大浪"中磨平了。像雷军长那样一次次敢"甩帽"的战将，毕竟是少见的啊！

"老吴，一见面，俺不该给你提这些陈芝麻烂谷子的事，让你听了也伤心。"梁大娘望着我妈妈，"好啦，现在好啦！听说是毛主席过世时留下话要抓奸臣，托他老人家的洪福，共产党总算把奸臣抓起来了，一个个都抓起来了！往后，庄户人又有盼头，有盼头啦！"

这时，睡着的盼盼醒了，哭了起来。

玉秀忙起身把盼盼抱在怀里，给盼盼喂奶，盼盼仍不停地哭。

妈妈忙站起来："咋啦，别是孩子生病吧？"

"不是生病。"玉秀说着，用手轻轻拍打着怀中的盼盼，"好闺女，莫哭，莫哭……"

梁大娘说："是缺奶水。玉秀刚出满月，就听到了三喜的事。打那，奶水就不够孩子吃了。"

…………

妈妈和梁大娘一家见面后，又看了梁三喜留下的欠账单，她难受得直掉泪。让我脱军装转业的事，她再没提起过。

对梁大娘一家，我和妈妈商量该怎样帮助她们。妈妈这次来，身上没带几个钱，因我一直想调回去，手头上也没有存款。

这天下午，炊事班长要到团后勤跟卡车进城拉菜，我便将我的"YASHICA"照相机交给他，让他想法到委托商店里卖掉。我还让他以连队的名义先从团后勤借一千元现金，我有急用。

妈妈一再嘱咐炊事班长："呃，别忘了，买十袋奶粉，买四瓶橘子汁，再买个奶锅、奶瓶。"……

新建的烈士陵园就在我们九连驻地的山腰间。梁大娘一家来队的第三天上午，我和连里的同志们，陪梁大娘祖孙三代去瞻仰了梁三喜烈士的墓。她们婆媳俩像所有的烈士亲属来队时一样，只是默默地站在亲人的墓前，没有当着我们的面流一滴眼泪。所不同的是，梁大娘和怀抱着盼盼的玉秀，像举行仪式那样，围着梁三喜的坟，左转了七圈，右转了七圈。后来，我才明白，那是她们按沂蒙山古老的祭俗，给亲人"圆坟"……

两天后，炊事班长回来了。他把从团后勤借来的一千元现金和买来的奶粉等物全交给了我。加上手头上还有的一点钱，我留出六百二十元准备为梁三喜烈士还账，又凑够五百元，准备交给梁大娘。

我和妈妈又来到梁大娘一家住的屋子里。

妈妈拿过一袋奶粉拆开，给玉秀讲着奶粉和水的比例应是多少。然后，她往奶锅里倒一点奶粉，开始调制。弄好后，她将奶装进奶瓶，试了试冷热是否合适，便抱起盼盼，给盼盼喂奶。

盼盼大口大口地咂着……

梁大娘站在旁边，乐了："在家时听他们年轻人说城里有这玩艺，俺还不信哩。啧啧，这玩艺是好……啧啧，人可真有本事，造的那奶头跟真的一样……啧啧，是好，是好……"

不大会儿，盼盼便咂饱了。妈妈把盼盼放在床上。盼盼睁着乌亮亮的眼睛望着我们，咧开小嘴，甜甜地笑了……

梁大娘更乐了，转脸对玉秀："秀哪，这下可不愁了，不愁了!"

此时，梁大娘愈是高兴，我愈是心酸。毋庸讳言，现代文明离梁大娘她们，还是何等遥远啊!

过了会儿，我把那五百元钱拿出来，放在大娘面前："大娘，这点钱，请您收下。"

"孩子，这……这可使不得!"梁大娘用那枣树皮样的手拿起钱，"使不得，这可使不得!"她硬是把钱塞回我的口袋里。

我三次把钱掏出，梁大娘十分执拗地又三次把钱塞还给我。

"梁嫂……"妈妈伤心地说，"您如果……还看得起我和蒙生，您就……把钱收下吧!"

"老吴呀，这你可就把话说远了!"梁大娘忙说，"你给盼盼买来了这么多奶粉，这就帮了俺的大忙了，哪好再花你们的钱。庄户人过日子好说，俺手头上还行，还行。不缺钱。"

当我和妈妈离开这屋时，我又把那五百元钱放在了床上。

玉秀火急地追出屋来："指导员，不行，这可不行。不但俺婆婆不依，俺也不能收。快，您拿着……真的，俺还有钱，有钱。"

我回到自己的屋里，有种说不出的难受。

妈妈讷讷自语："山里人，山里人的脾气哪……"

啊，山里人!难道我们不都是从山沟沟里出来的吗？我们的军队，是在山沟里成长壮大；人民的政权，是从山沟里走进高楼。山沟里养育出我们的一切啊！

前些年我曾一度把拜金主义当作圣经。此时，我才深深感到，人世间总还有比金钱和权势更珍贵的东西，值得我加倍去珍爱，孜孜去追求。

极度内疚中，我看了看另外那准备为梁三喜还账的六百二十元，我心中掠过一丝儿慰藉。然而，这慰藉很快又变为更难言状的悔恨。

是的，梁三喜烈士欠下的钱，我有财力悄悄替他偿还。可我和妈妈欠沂蒙山人民的感情之债，则是任何金钱珠宝都不能偿还的呀！

第十三章

这天下午，高干事骑着自行车来到连里。

一见面，他车子还没放稳，就很激动地对我说："大有文章可做，大有文章可做呀！"

丈二和尚摸不着头脑，我不知他为何如此兴奋。

"战士'北京'的亲属找到了！"

"在哪里？"我急问，"薛凯华的亲属来队了？"

"你先猜猜，你们的英雄战士'北京'，也就是薛凯华烈士……"高干事非常神秘地望着我，"你猜他的爸爸是谁？"

我摇头不知。

"雷军长！薛凯华是雷军长的儿子！"

"啊!!"我大为震惊。过了会儿,我有些不解地问:"凯华咋姓薛?"

"军长的老伴姓薛呀,凯华是姓母亲的姓!"高干事滔滔不绝地说,"我听军里一位干事说,军长有四个女儿,只有凯华一个儿子。军长的大女儿和凯华姓薛,另外三个女儿姓雷。军长的大女儿姓薛,是因为战争年代,军长的家乡曾多次遭敌人的血腥屠杀,凡是军属都在劫难逃,所以他的大女儿便随了外祖父家的姓氏。至于凯华为啥姓薛,听说是因为军长对他唯一的儿子管教极严,当儿子上学取大名时,军长问儿子是喜欢爸爸还是喜欢妈妈,儿子毫不含糊地说喜欢妈妈。军长哈哈大笑了一阵,说:'那好,像你大姐一样,你也跟你妈姓吧!'于是,便给儿子取名薛凯华……"说到这,高干事突然问我,"咦,军长到你们连来了。怎么,你还没见到他?"

"没有。"

"这就怪了。"高干事愣了会儿,"军长乘吉普车先到的团里,他离开团时说要到你们九连来,我是跟在他的吉普车后头,一个劲地蹬车赶来的!"

我一听,忙和高干事走出屋,围着营区转了一圈,既没见有吉普车,也没见军长的影子。

回到连部,高干事这才顾上蘸湿了毛巾,擦了擦满脸的汗。

"听说军长早就得知凯华牺牲了,但直到眼下,他还没把儿子牺牲的消息写信告诉老伴。"稍停,高干事接着对我说,"凯华同志留下了一纸遗书,遗书是师里烈士收容队在埋葬他的遗体时,从他的上衣口袋里发现的。因遗书上署名只有'凯华'两字，当时谁也没想到他是军长的儿子。遗书原件现已在军长手里，这里有师宣传科的打印件。"说着，高干事拉开采访用的小皮夹，把一纸遗书递给我，"你看看吧，一纸遗书才华横溢，内涵相当深，相当深!"

我接过薛凯华的遗书，急切地读下去。

亲爱的爸爸：

我从北京部队赶赴前线，与您匆匆一见，未及细述。儿知道，爸爸战前的时间，可谓分秒千金也。

遵爸爸所嘱，我已来到这担任穿插任务的九连。等待我们九连的将是一场啥样的恶仗，现在不管对您还是对我们九连来说，都还是个"×"。

去年冬，爸爸在《军事学术》上读到我写的两篇千字短文，来信对我倍加鼓励，并夸我有可能是个将才。不，亲爱的爸爸，您的凯华不瞒您说，我不但想当未来的将军，更想成为未来的元帅!

嘿，您二十一岁的凯华口气多大呀!不管此乃"野心"也罢，雄心也好，反正我极推崇闻名世界的这一兵家格言："不想成为将军的士兵不是好士兵。"诚然，绝非所有的士兵都能成为将军和元帅的。举目当今世界，眼花缭乱的现代物质文明，对我们这一代骄子有何等的诱惑力呀!但是，我的信条是：花前月下没有将军的摇篮，卿卿我我中产生不出元帅的气质；恋栈北京的士兵，则不可能成为未来的元帅！未来的元帅应出自深悉士兵涵义的士兵，应来自血与火的战场上！基于此种认识，我才请求离开京都，奔赴前线，来做一场"未来元帅之梦"。

亲爱的爸爸，您去年推荐我读的几部外国军事论著，我大都早已读过。爸爸年已五十有七，尚能潜心研究外军，儿感到可钦可佩。爸爸在写给我的信中云："一介武夫，是不可能胜任未来战争的！"此语出自爸爸笔下，儿感到尤为振奋！有人把军人视为头脑最简单的人，错了，大错特错了！且不说张翼德的丈八蛇矛和关云长的青龙偃月刀，即使小米加步枪的时代也一去不返了！现代科学技术日新月异，世界列强又把科学尖端首先运用于军事。小小地球，日行八万里，转速何等惊人！现代战争，向我们的元帅和士兵，提出了多少全新的课题！如果我们的双脚已踏上波音747的舷梯，但大脑却安睡在当年的战马背上，那是多么危险呀！前些年儒家多遭劫难，但我却企望，我们的元帅和将军，个个都能集虎将之雄风和儒家之文采于一身！

亲爱的爸爸，写到这里，我不能不对我的父辈们怀有隐隐怜心。当新中国的礼炮鸣响之时，你们正值中年，如果从那时，你们便以攻克敌堡的精神去攻占军事科学高峰，那么，现在的你们则完全会是另一番风采！然而，一场场政治运动的角逐，一次次"大风大浪"的漩涡，既卷走了你们宝贵的年华，也冲走了中华民族多少物质的和精神的财富啊！更有甚者，有人乱中谋私利，把人民交付的权力当作美酒啜饮，那就更令人可悲可叹了！

爸爸，我知道，用牢骚去对待昨天是无济于事的。那么，让你们老一代带领我们新一代，赶紧去抢救明天吧！

亲爱的爸爸，马上就要集合了，您戎马生涯大半生，打仗意味着什么，毋庸儿赘言。如果战场上我作为一名士兵而献身，当然不需举国为我这"未来的元帅"举行葬礼。不过，能头枕祖国的巍巍青山，身盖南疆殷红的泥土，我虽死而无憾，也无愧于华夏之后代，黄帝之子孙了。

此次战争胜券稳操，凯旋指日可待。

祝爸爸健康长寿！

您的爱子：凯华敬上

1979 年 2 月 16 日下午四时

爸爸：参战前连里包的"三鲜"水饺，眼下尚未出锅，容我再赘几笔：假如我在战斗中牺牲，望爸爸缓一些日子再把我牺牲的消息告诉我最亲爱的妈妈。如果说爸爸那种"棍棒底下出孝子"的严厉父爱不会使儿沦为纨袴子弟的话，那么，妈妈的拳拳慈母之情，则更使儿倍觉人间的温暖。此时，一想起妈妈，儿就泪溅信笺。在爸爸蒙难之时，是妈妈带我闯过了生活的险关驿站！妈妈的心脏不太好，她实在承受不了更多的压力了。

另：妈妈曾多次让我改为父姓，一旦我牺牲，儿愿遵从母命。望爸爸转告组织。

再：当爸爸站在我墓前的时候，我望爸爸切莫为儿脱帽哀悼，只要爸爸对着儿的墓默默望几眼，儿则足矣！这是因为，爸爸脱帽容易使儿想起爸爸"甩帽"。"十年"中，爸爸每次"甩帽"都横遭大祸！儿在九泉之下，祝愿爸爸永远发扬"甩帽"精神，但儿却惧怕那常常惹爸爸"甩帽"的年月会卷土重来！不过，谁要再想给中华民族酝酿悲剧，历史已不答应，十亿人民也绝不会答应。看来，我的担心又是多余的。

儿：凯华又及

一纸遗书，令我荡气回肠！

"赵指导员，你……"高干事见我热泪滴滴，有些不解。

我并非感情脆弱，我在战场上目睹了凯华的大智大勇，此时捧读他的遗书所产生的激动，是局外人压根儿不能体味的呀！

屋外传来吉普车响。我和高干事出屋一看，正是军长坐的吉普车，却不见军长在车中。司机告诉我们，军长从团里又到了营里看了看，他现在已到烈士陵园去了，一会儿就到连里来。

我和高干事沿着新修起的路，直奔山腰间新建的烈士陵园。

只见军长站在写有"薛凯华烈士之墓"的石碑前，默默为薛凯华致哀。许是遵照儿子的遗言，他没有脱帽。过了会儿，他后退一步，庄重地抬起右手，为长眠的儿子致军礼。良久，他才把右手缓缓垂下……

我和高干事轻轻走过去，只见军长老泪横流，大滴大滴的泪珠洒落在他的胸前……

"遵照凯华的遗愿，你们给团政治处写份报告，把凯华的姓……改过来吧。"军长声音嘶哑地对我说，"另外，我拜托你们，给凯华换一块墓碑，把'薛'字改为'雷'字……"

我擦了擦泪眼，连连点头应着。

这时，高干事打开照相机，要为军长在烈士墓前拍照，被军长挥手制止了。

"你，是团里的报道干事？"

"是！"高干事立正回答。

"宣传凯华一定要实事求是。"

"是。"

"不要在凯华改随父姓这事上做文章，报道中还是称他为薛凯华。"

"是。"

"凯华就是凯华，文章中不要出现我的名字。半点都不要借凯华来吹捧我。"

"是"

"关于九连副连长靳开来没有立功的问题，请你给我搞份调查报告。"

"是。"

"十天之内寄给我。"

"是。"

"战场上，靳开来打得不错嘛！"

"是。"

"你俩先回去吧，"军长对我和高干事说，"我在这里再停一会儿……"

我和高干事离开了烈士陵园。当我俩走出十几步回头望时，只见军长低头蹲在凯华的墓前，一手按着石碑，周身瑟瑟颤抖。当我们转身朝山下走时，隐隐约约听见军长在抽泣……

第十四章

　　我把凯华是军长之子的事告诉了妈妈，妈妈先是愕然，后是叹息，半晌没说一句话。

　　我从妈妈住的屋里走出来，站在营区外的路旁等候军长。不大会儿，军长从山上下来了。

　　军长先看望了梁大娘一家，才来到连部坐下。他让我向他汇报了梁大娘一家的遭遇，并看了梁三喜留下的欠账单。他指示我抽空多跟梁大娘和韩玉秀唠唠家常，连里要尽量帮助梁大娘一家解决些具体困难，有些长期需要解决的问题，可通过部队组织反映给地方政府……

　　开晚饭时，军长亲自去把梁大娘一家请到连部里，陪着梁大娘一家吃饭。军长让我喊我妈妈一块来就餐，但妈妈推说她身体不舒服，没来……

吃过饭，军长让我带他到我妈妈住的屋里。

"吴大姐，大驾光临，有失远迎呀！"军长进门便嚷道，"不过，我知道你吴大姐是有意躲开我！"

半倚在床上的妈妈忙坐起来，朝军长点了点头。

"我这次到九连来，是想在凯华的墓前站站，但主要还是想见见你这吴大姐！不过，有言在先，我老雷可不是来负荆请罪的！"军长说罢，坐了下来。

妈妈尴尬无语。

"吴大姐，老实对你说，我老雷早有思想准备。准备打完仗后，你哭着来跟我算账，跟我来要儿子！"军长点起一支烟，重重地抽了一口，"蒙生虽没死在战场上，但也是九死一生嘛！"

"老雷，您别……"

"不。你听我把话说完。不错，我在电话上臭骂了你一通，我那是忍无可忍！你可以恨我'雷神爷'不近人情，但我老雷至今不悔！吴大姐哪，你的胆量可真不小呀！你出面打电话，你为啥不让我那指挥千军万马的老首长跟我打交道？他可以给我下指示，让我执行嘛！但是，我量他不会，也量他不敢！那种时候，你竟敢占用我前沿指挥所的电话，托我办那种事，你……你，你就没想想其中的利害关系吗？！"军长激动地用手指"咚咚"敲打着桌面。压了压火，他接上说，"要是时间后退三十几年，如果我'雷神爷'托你大姐

— 129 —

办那种军人最忌讳的事，你会咋办？骂我一通，扇我两耳刮子，那是轻的！给我一粒枪子儿，算我活该！当年是个啥样情景？'妻子送郎上战场，母亲送儿打东洋'啊！那首歌，还是你吴大姐一句一拍教我唱会的，唱得热血沸腾嘛！"

"老雷，您别说了……"妈妈啜泣起来。

"不。我今晚的话多着呢！你这次来，我满足你的要求。我老雷没有忘记我当年说过的话：有恩不报非君子！没有你吴大姐把我从死尸堆里背出来，我'雷神爷'能活到今天当军长吗?!"军长一下拧死烟蒂，站了起来，"行呀！只要蒙生本人也同意，你这遭来可以把他领回去！穿着军装回去可以，脱掉军装回去也行！我老雷办事图干脆，这次，我签字！我画圈！"

"老雷……"妈妈哭出声来了。

"但是，签字画圈之后，我的吴大姐呀，我老雷得让你扪心问一问！那么办了，是报你的恩呢，还是把你往泥坑里推呢？那么办了，死去的烈士会不会答应？养育我们的人民能不能答应?!别的不说，单说四三年秋在沂蒙山的那场突围战，我带的那个营是整整四百人哪！可一仗下来，当吴大姐你把我从死尸堆里背出来后，活下来的有多少？只有四十三个幸存者，刚过十分之一呀……"

军长的声音沙哑了。他掏出手帕擦了擦发湿的眼睛，又坐了下来。他又点起一支烟，轻轻地喷吐着。

妈妈不停地拭泪。军长看看她，放缓了声调："在延安整风的时候，我们曾学过郭老写的《甲申三百年祭》。那时候体会还不深。现在回过头来看，打天下，坐天下，居功骄傲，贪安逸，图享受，会毁掉一切的！前些年我靠边站，得空啃了几本古书，我反复诵读过杜牧的《阿房宫赋》，杜牧就秦王朝的灭亡，发出这样的感叹：'秦人不暇自哀，而后人哀之。后人哀之而不鉴之，亦使后人而复哀后人也。'我们党作为工人阶级的先进部队，当然不可与历代农民起义相提并论。不过，两千多年封建特权的劣根性，资产阶级腐朽发霉的毒菌，在我们党内还是很有些市场啊！我们还有没有'倒退'之虞呢？是否还要让我们的后人来'哀'我们呢？这完全取决于我们自己！"军长抽了口烟，看看我，"经过十年动乱后，现在有人指责青年一代'看破了红尘'。那么，我们这些老家伙中有没有所谓'看破红尘'的？依仗权势，胡作非为，互开后门，损公肥己……发展下去，不得了哇！老百姓有句土话，叫作上梁不正下梁歪。我们这些老家伙不做出样子来，咋去教育青年一代？蒙生现在是功臣了，我不好再批评他。他过去之所以那样，固然有他自己的原因，可吴大姐呀，难道你这当妈妈的就没有责任吗？"

妈妈含泪点了点头。

军长望着我妈妈："你八岁卖给地主当丫头，我七岁就给东家放牛。现在给青年人忆苦思甜，怕是起不到明显作用了。但我们这些老家伙常想想过去的苦，那还是很有好处的。'忘记过去，就意味着背叛'，列宁算是把话说到家了！"军长弹了弹烟灰，又吸了口烟，"六五年我到北京开会时，和陈毅老总进行过一次长谈。当谈到我们当年在山东时，陈老总意味深长地说，在他进棺材之前，他忘不了山东父老！当然，我们的陈老总不单是指山东父老，他指的是人民！要说报恩，我们要一辈子报答人民的大恩大德，而不是把我们当成人民的救世主！革命，是人民用小米喂大的；胜利，是人民用小车推出来的呀！"

一弯月儿在窗棂上探出头来，投进点点银辉。屋内，静极了。

"今天见到梁大娘，别提我心里是啥滋味儿。"军长深沉地说，"吴大姐，你的蒙生是吃着梁大娘的奶长大的。可你看看梁大娘穿的那身衣裳，你再看看梁三喜留下的那欠账单，你就不难想象出，她们还过着啥样的日子啊……"

军长的眼里闪着泪光，妈妈也在抹泪。

"不错。吴大姐，十年动乱中，你我这些老家伙们都吃过苦，挨过整。可我要说，受苦受难最厉害的不是我们，是梁大娘那样的老百姓！不必隐讳，就是我在蹲班房时，我吃的用的也比梁大娘她们好得多，甚至可以说没法比……咳！"军长喟然长叹一声，"我那凯华十五岁时和他四姐一起，到延安延川县插队，住在我当年的一个老房东家里。七七年春那阵我还没复职，我专程去延川县看望我那老房东。谁会相信呀，老房东全家八口人，却只有五个吃饭的碗，他们连吃饭的黑碗都买不全。当时，我……延安，那更是养育革命的圣地啊！"

"老雷，别……别说了……"

"我……不说了。说起来我真想大哭一场！前些年老百姓身上的肉早已不多，可'尾巴'倒不少，一个劲地割，割，割！自己'出有车，食有鱼'，过得舒舒服服的，咋就不睁眼看看老百姓？别说党性了，问问我们的良心何在?! 革命，共产党因为穷才革命。治穷，本是共产党人的天职啊……"

屋内的空气又凝结了，沉重的气氛像铅块，压得我透不过气来。

我轻声对军长说："这次打仗，我们团里有许多烈士留下了欠账单，他们都是从农村入伍的。"

"这件事情，我们是要向中央报告的。"军长说，"极'左'路线，可把老百姓害苦了。"

过了五六分钟，军长的情绪才平静下来。这时，他问起我们九连的战斗情况，我一一做了汇报，并向他重点介绍了梁三喜和靳开来参战前后的表现……

军长听罢又站起来："这真是位卑未敢忘忧国！像梁三喜他们，尽管十年动乱给他们留下了难言的苦楚，但当祖国需要他们的时候，他们一个个都以身许国！"军长激动地挥着右手，"我们的民族是伟大的，这就是伟大之所在！我们的事业是有希望的，这就是希望之所在！鲁迅说'唯有民魂是值得宝贵的'，梁三喜他们，真正称得上是我们的民族之魂！"过了会儿，军长又坐下来。他看了看表，"不早了，夜深了。"

他又简单地问起凯华牺牲时的情况，我回答了他。但那两发臭弹的事，我却压根没敢告诉他。我不忍心让这位虎将再怒发冲冠地"甩帽"了。

这时，炊事班长推门进来，慌慌张张地对我说："指导员，韩玉

秀不见了！"

我一听，急忙奔出屋。见梁大娘站在院子里，我问她是咋回事，她说她打了个盹，拉开灯睁眼一看，就不见玉秀了……

边境线上时有越寇的特工队员潜进来活动。我顿时慌得六神无主。战士们也都起来了，我忙带大家在营区周围寻找，也没见玉秀在哪里。

"玉秀她，会不会到三喜的坟上去了。"梁大娘对我说，"自打听到三喜没了，玉秀怕俺伤心，她没敢当俺的面哭过……"

我忙带着几个战士赶到烈士陵园。

一钩弯月斜挂中天。当我们离梁三喜的坟还有十几米远时，见一个人趴在坟上。无疑，那是玉秀。我让大家停下来。

山崖下，竹林中，草丛里，传来虫儿的声声低吟，却听不见玉秀的哭声。

过了一大会儿，我们才轻轻走近梁三喜的坟前，只见玉秀把头伏在坟上，周身战栗着，在无声地悲泣……

"小韩，您……哭吧，哭出声来吧……"我呜咽着说，"那样，您会好受些……"

玉秀闻声缓缓从坟上爬起来："指导员，没……没啥，俺觉得在屋里闷……闷得慌……"她抬起袖子擦了擦泪光莹莹的脸，"没啥。俺和婆婆快该回家了，俺……俺想来坟上看看……"

满天星斗像泪人的眼睛，一闪一眨。苍穹下的一切，在我面前全模糊了。

第十五章

次日，军长离开连队到军区开会去了。临行前他又一再嘱咐，让我们好好关照梁大娘一家。

梁大娘和韩玉秀在连里又住了一个星期，便说啥也待不住了，非要回去不可。我知道是无法挽留她们了。再说，住在连里，举目便是烈士新坟，这对她们无疑是精神的折磨。我想，一切留待今后从长计议吧，让她们早些回去，或许还好些。团里也同意我的想法。

梁大娘一家明天早饭后就要离开连队了。

这天下午，团政治处主任来到连里，一是来为梁大娘一家送行，二是要代表部队组织，问一下梁大娘家有哪些具体困难。因为，对于像梁三喜烈士这样不够随军条件的直系亲属及子女，抚恤的事需

— 136 —

部队和地方政府联系商量。据我们了解，在农村中，对家中有劳力的烈士父母，一般是可照顾可不照顾；对烈士的爱人及子女，按各地生活水准不同，有的每月照顾五元，有的每月照顾八元……情况不等。团里想把梁大娘一家无依无靠的情况，向地方政府反映一下，以取得民政部门对梁大娘一家特殊的照顾。

梁三喜烈士没有给他的亲人留下什么遗产。他的两套破旧军装被作为有展览价值的遗物征集之后，团后勤又补发了两套新军装。再就是他生前用塑料袋精心保管的那件军大衣。

我拿着那件军大衣和两套新军装，准备交给韩玉秀。

当我和政治处主任走至梁大娘一家住的房前时，玉秀正坐在水龙头下洗床单和军衣。这些天来，不管我和战士们怎样劝阻，玉秀不是帮炊事班洗涮笼屉布，就是替战士们拆洗被子，一刻也闲不住……

"小韩，快别洗了。"我对玉秀说，"快进屋来，主任代表组织，要跟您和大娘谈谈。"

玉秀不声不响地站起来擦擦手，跟我和主任进了屋。

我把那两套新军装和塑料袋里的军大衣，放在玉秀的床上："小韩，这是连长留下的……"

玉秀用手一触那盛军大衣的塑料袋，"啊"地尖叫一声，扭头跑出屋去。

我忙跟出来："小韩，您……怎么啦？"

玉秀满脸泪花，把两手插在洗衣盆里，用劲搓揉着盆中的衣服。

"小韩……您？主任要跟您谈谈。"

她上嘴唇紧咬着下嘴唇，没有回答我。

"蒙生啊，你让她洗吧。"屋内的梁大娘对我说，"俺早就跟同志们唠叨过，玉秀要干活，你们谁也别拦挡她。她啥时也闲不住的，让她闲着她心里更不好受。洗吧，让她洗吧。明日她想给同志们洗，也洗不成了……"

从玉秀身上，我看到了中国女性忍辱负重、值得大书特书的传统美德！可此时，梁三喜留下的军大衣为何引起她那般伤痛，我困惑不解……

"蒙生，别喊她了。有啥话，你们就跟俺说吧。"梁大娘又说道。

我和主任面对梁大娘坐了下来。

主任把组织上的意图，一一给梁大娘讲了。

大娘摇了摇头："没难处，没啥难处。"

我和主任再三询问，大娘仍是摇头："真的，没啥难处。如今有盼头了，庄户人的日子好说。"

面对憨厚而执拗的老人，我和主任无话可说了。

过了会儿，梁大娘望着我和主任："有件事大娘想请你们帮俺说说。"

"大娘，您说吧。"主任打开小本，郑重地准备记下来。

"咳！"梁大娘叹了口气，"说起来，俺梁家真是祖上三辈烧过高香，才摊上玉秀那样的好媳妇呀！你们都见了，要模样她有模样，要针线她有针线。家里的事她拿得起，外面的活她拢得下。她脾气好，性子温，三村五疃都夸俺命好有福……"大娘撩起衣襟擦了擦眼，"可一说起玉秀，大娘心里就难受，俺这当婆婆的对不起她呀！她过门前，三喜他爹病了两年多，俺手头上紧……她过门时，别说给她做衣服，俺连……连块布头都没扯给她，她就嫁到俺梁家来了……"

梁大娘难受得说不下去了。

停了阵儿，梁大娘又断断续续地说："……去年入冬俺病了，病了一个多月。俺本想打封信让三喜回去趟，可玉秀怕误了三喜的工作，说来回还得破费，就没给三喜打信说俺病了。那阵玉秀快生了，是她拖着那重身子，到处给俺寻方取药，端着碗一口一口喂俺吃饭……又擦屎又端尿的……唉，大娘这辈子没有闺女，就是亲生的闺女又会怎样，也……也比不上她呀！眼下，媳妇待俺越是好，大娘俺心里越是难受……"

梁大娘不停地用衣襟擦着眼角，我心里涌起阵阵痛楚。良久，她抬起脸来看着我和主任："玉秀她今年才二十四岁，大娘俺不信老封建那一套。再说，三喜也留下过话，让玉秀她……可就是有些话，俺这当婆婆的不好跟媳妇说。你们在外边的同志，懂的道理多，你们帮俺劝劝玉秀，让她早……早寻个人家吧……"

"娘！您……"玉秀一下闯进屋，双膝"扑通"跪在婆婆面前，猛地用手捂住婆婆的嘴，哭喊着，"娘！您别……别说……俺伺候您老一辈子！"

梁大娘紧紧抱着儿媳："秀哪，那话……当娘的早晚要……跟你说，娘想过，还是……还是早说了好……"

"娘！……"玉秀又用手捂着婆婆的嘴，把头紧紧贴在婆婆怀里，放声哭着。

"秀，哭吧……把憋在肚里的眼泪全……全哭出来吧……"梁大娘也流泪了，她用手抚摸着儿媳的头发，"哭出来心里就好受了……"

玉秀戛然止住哭声，抽泣起来。

主任已转过脸去不忍目睹，他手中的记事本和笔不知啥时落在了地上。我用双手紧紧捂着脸，只觉得泪水顺着指缝间流了下来……

炊事班长三天前便得知梁大娘一家要回去，他借跟团后勤的卡车进城拉菜的机会，买回了连队过节也难吃到的海米、海参、木耳、冰冻对虾等，准备做一餐为梁大娘一家送行的饭。

是的，世上任何山珍海味、珍馐佳肴，大娘和玉秀都有权利享用，也应该让她们尝一尝！

翌日晨。团里派来了吉普车，要把梁大娘一家直接送到火车站。

营首长来了。我妈妈也过来了。各班还选派了一个代表，和大娘一家一起就餐。

桌子上摆着二十多盘子菜。炊事班长说"起脚饺子图吉利"，还包了不少水饺。

我妈妈替玉秀抱着盼盼，用奶瓶给盼盼喂奶。

我们不停地把各种菜夹到大娘和玉秀碗里，让大娘和玉秀多吃点菜。但是，夹进碗里的各种菜都冒出了尖，大娘和玉秀却没动一下筷子……

在场的人谁心里都明白，这桌菜并不是供大家享用的，其作用只不过是借劝饭让菜，来掩饰大家心中的伤感罢了。

在大家一再劝让下，大娘只吃了两个饺子，喝了几口饺子汤。玉秀只吃了一个饺子，喝了一口汤，便说她早晨吃不下饭，她不饿，她饱了。

战士们已陆陆续续来到连部，要为大娘一家送行。昨晚，我已给大家讲过，在大娘一家离开连队时，让大家把眼泪忍住……

这时，段雨国竟第一个忍不住抹起泪来。他一抹泪，好多战士也忍不住掉泪了。

梁大娘站起来："莫哭，都莫哭……庄稼人种地，也得流几碗汗擦破点皮，打江山保江山，哪有不流血的呀！三喜他为国家死的，他死得值得……"

大娘这一说，段雨国更是哭出声来，战士们也都跟着哽咽起来。有人捅了段雨国一下，他止住了哭。大家也意识到不该在这种时候，当着大娘和玉秀的面流泪。

屋内静了下来。

"秀哪，时辰不早了，别麻烦同志们了，咱该走了。"停了停，大娘对玉秀说，"秀，你把那把剪子拿过来。"

玉秀从蓝底上印着白点点的布包袱里，拿出做衣服用的一把剪子，递给了梁大娘。

大娘撩起衣襟。这时，我们发现，大娘衣襟的左下角里面缝进了东西，鼓鼓囊囊的。大娘拿起剪子，几下便铰开了衣襟的缝……

我们不知大娘要干啥，都静静地望着。

只见大娘用瘦骨嶙峋的手，从衣襟缝里掏出一叠崭新的人民币，放在了桌上！

我们一看，那全是十元一张的厚厚一叠人民币，中间系着一绺火红的绸布条儿。

接着，又见大娘从衣襟缝隙里，摸出一叠发旧的人民币，也全是十元一张的……

大娘这是要干啥？我惊愕了！大娘身上有这么多钱，可她们祖孙三代下了火车竟舍不得买汽车票，一步步挪了一百六十多华里……

大娘看看我，指着桌上的两叠钱说："那是五百五十块，这是七十块。"

这时，玉秀递给我一张纸条："指导员，这纸条留给您，托您给俺办办吧。"

我接过纸条一看，是梁三喜留给她们的欠账单！这纸条和那血染的纸条是一样的纸，原是一张纸撕开的各一半……

顿时，我的头皮嗖嗖发麻！

梁大娘心平气静地说："三喜欠下六百二十块的账，留下话让俺和玉秀来还上。秀哪，你把三喜留下的那封信，也交给蒙生他们吧。"

玉秀把一封信递给了我。

啊，我们在此时，终于见到了梁三喜烈士的遗书！遗书如下：

玉秀：

　　你好！娘的身子骨很壮实吧？

　　昨天收到你的来信，内情尽知。因你的信是从部队留守处转到这里的，所以从你写信那天到眼下，已过去一个月的时间了。

　　你来信说你很快就要生了。那么，我们的小宝贝眼下该是快出满月啦。我遥遥祝福，祝福你和孩子都平安无事！娘看到她的小孙子（或小孙女）呱呱问世，准是乐得合不拢嘴了。

　　秀：从去年六月开始，我每次给你写信都说我很快就回家休假，你也天天盼着我回去。然而，由于种种原因，眼下新的一年又过去一个月了，我却没能回去。尽管你在来信时对我没有丝毫的抱怨，但我从心里觉得，我实在对不起你！

　　一个月前，我给你去信时说我们连要外出执行任务，别的没跟你多说。现在我告诉你，我们连离开原来的驻地，坐火车赶到这云南边防线来了。来到一看，越南鬼子实在欺人太甚，常常入侵我领土，时时惨杀我边民！我们国家十年动乱刚结束，实在腾不出人力、物力来打仗，但这一仗非打不可了！别说我们这些当兵的，就是普通老百姓来这里看看也会觉得，如再不干越南小霸一家伙，我们作为中国人的脸是会没处放的！

当你接到这封信时，我们就已经杀上自卫还击的战场了！

秀：咱俩出生在同一个山村枣花峪，你比我小八岁，虽说不上青梅竹马，可也是互相看着长大的。自咱俩建立关系和结婚以来，只红过一次脸。你当然会清楚地记得，那是去年三月你来连队后的一天夜里，我跟你开了个玩笑，说我说不定哪一天会上战场，会被一颗子弹打死的。想不到这话惹恼了你，你用拳头捶着我的胸膛，说我"真狠""真坏"之后，你哭了，哭得是那样伤心。我苦苦劝你，你问我以后还说不说那样的话，我说不说了，你才止住了泪。你说："两口人，谁也不能先死，要死，就一块儿死！"

秀：我知道你爱我爱得那样无私，那样纯真，那样深沉！但是，军人毕竟是战争的产儿，没有战争就不会有军人！秀：现在我可不是跟你开玩笑了，我不得不告诉你，这极有可能是我写给你的最后一封信了！

秀：咱俩结婚快三年了。连我回家结婚那次休假在内，我休过两次假，你来过一次连队。我们生活在一起的时间，总共还不到九十天！去年你来连队要回去的最后一个晚上，你悄悄抹了一夜泪。（眼下看来，那很可能是我们最后一次见面和最后一次在一起了。）我知道你是那样舍不得离开我，我也很想让你多住些天。但你既挂着咱娘一个人在家不行，又惦着农活忙，还是起程了。当你泪汪汪一步三回头地上了车，我当时心里也说不出的难受。艰苦并不等于痛苦，平时连队干部的最大苦衷，

— 145 —

莫过于夫妻遥遥相盼，长期分居两地呀！我当时想过，干脆转业回老家算了，咱不图在部队上多拿那点钱，那点钱还不如你来我往扔在路上的多！家中日子虽苦，咱们苦在一处，不是比啥都好吗?！但转念一想，如果都不愿长期在连队干，那咋行? 兵总得有人带，国门总得有人守，江山总得有人保啊！

秀：我赤条条来到这个人世间，吸吮着山村母亲的奶汁长大成人。如果从经济地位来说，我这"土包子"连长同他人站在一起，实在够"寒碜"人的了！但我却常常觉得我比他人更幸福，我是生活中的幸运儿！之所以有这样的感觉，那是因为有了你，我亲爱的秀！每当听到战友们夸奖和赞美你时，我心里就甜丝丝的。又岂止是甜丝丝的，你，是我莫大的自豪和骄傲！但是，每当想起你，阵阵酸楚也常常涌上我的心头。既是因为我家的那些遭遇，更是因为咱的家乡还太贫穷，你跟上我，没过一天宽裕日子呀！尽管我是被人们称为"大军官"的人，又是个月薪六十元的连职干部，可我却没能给你买过一件衣服，更别说什么像样的料子和尼龙了。然而，你却常常安慰我："有身衣裳穿着就行了，比上不足，比下咱还有余呢!"……秀：此时想起这一切，我真不知该怎样感谢你，我只能说，你对我，你对俺梁家的高恩厚德，我在九泉之下也绝不会忘记的！

头一次给你写这么长的信，但仍觉话还没有说尽。营里通知我去开会，回来抽空再接上给你写。

玉秀：如果我在战场上牺牲，下面的话便是我的遗嘱：

当我死后，你和娘作为老革命根据地的人民，深信你们是不会给组织和同志们添麻烦的。娘只有我这么一个儿子了，她本人也曾为革命做出过贡献，一旦我牺牲，政府是会妥善安排和照顾她的。她的晚年生活是会有保障的。望你们按政府的条文规定，享受烈士遗属的待遇即可，但切切不能向组织提出半点额外的要求！人穷志不能短。再说我们的国家也不富，我们应多想想国家的难处！尽管十年动乱中，有不少人利用职权浑水摸鱼已捞满了腰包（现在也还有人那么干），但我们绝不能学那种人，那种人的良心是叫狗吃了！做人如果连起码的爱国心都没有，那就不配为人！

秀：你去年来连队时知道，我当时还欠着近八百元的账，现在还欠着六百二十元。（欠账单写在另一张纸条上，随信寄给你。）我原想三四年内紧紧手，就能把账全还上，往后咱们的日子就好过多了。可一旦我牺牲，原来的打算就落空了。不过，不要紧。按照规定，战士、干部牺牲后，政府会发给一笔抚恤金，战士是五百元，连、排职干部是五百五十元。这样，当你从民政部门拿到五百五十元的抚恤金后，还差七十元就好说了。你和娘把家中喂的那头猪提前卖掉吧。总之，你和娘在来部队时，一定要把我欠的账一次还清。借给我钱的同志们大都是我知心的领导和战友，他们的家境也都不是很宽裕。如果欠账单的名单中，有哪位同志也牺牲了，望你务必托连里的同志将我的抚恤金转交给他的亲属。人死账不能死。切记！切记！

秀：还有一桩比还账更至关紧要的事，更望你一定遵照我的话办。这些天，我反复想过，我们上战场拼命流血为的啥？是为了祖国人民生活得更美好！在人民之中，天经地义也应该包括你——我心爱的妻子！秀：你年方二十四岁，正值芳龄。我死后，不但希望你坚强地活下去，更盼望你美美满满地去生活！咱那一带文化也是比较落后的，但你是个初中生，望你敢于蔑视那什么"忠臣不侍二主，烈女不嫁二夫"的封建遗训；盼你毅然冲破旧的世俗观念，一旦遇上合适的同志，即从速改嫁！咱娘是个明白人，我想她绝不会也不应该在这种事上阻拦你！切记！切记！不然，我在九泉之下是不会瞑目的!!

秀：我除了给你留下一纸欠账单外，没有任何遗产留给你。几身军装，摸爬滚打全旧了。唯有一件新大衣，发下两年来我还一次没穿过，我放在一个塑料袋里装着。我牺牲后，连里的同志是会将那件军大衣交给你的。那么，那件崭新的军大衣，就作为我送给你未来丈夫的礼物吧！

秀：我们连是全训连队，听说将担任最艰巨的战斗任务。别了，完全有可能是要永别了！

你来信让我给孩子起名儿，我想，不论你生的是男是女，就管他（她）叫盼盼吧！是的，"四人帮"被粉碎了，党的三中全会也开过了，我们已经看到了未来美好的曙光，我们有盼头了，庄户人的日子也有盼头了！

秀：算着你现在已出了月子，我才敢将这封信发走。望你替我多亲亲他（她）吧，我那未见面的小盼盼！

顺致

军礼！

三喜

1979 年 1 月 28 日

捧读遗书，我泪涌如注，我怎么也忍不住，我号啕起来……

我用瑟瑟发颤的手拿起那五百五十元的抚恤金，对梁大娘哭喊着："……大娘，我的好大娘！您……这抚恤金，不能……不能啊……"

屋内一片呜咽声。在场的人们都已完全明白，是一桩啥样的事发生了！

战士段雨国大声哭着跑出去将他的袖珍收音机拿来，又一下撸下他手腕上的电子表，"砰"一下按在桌子上："连长欠的钱，我们……还！"

"我们还！"

"我们还！！"

"我们还！！！"

……泪眼中，我早已分不清这是谁，那是谁，只见一块块手表，一把又一把人民币，全堆在了我面前的桌子上……

当一片撕心裂肺的哭声渐渐沉下，我嗓音发哽地哀求梁大娘："大娘，我是……吃着您的奶长大的……三喜哥欠的钱，您就……让我还吧……"

梁大娘用手背抹了抹眼睛，苍老的声音嘶哑了："……孩子们，你们的好意，俺和玉秀……领了，全都领了！可三喜留下的话，俺这当娘的不能违……不然，三喜他在九泉之下，也闭不上眼……"

不管大家怎样哭劝，大娘说死者的话是绝对不能违的！她和玉秀把那六百二十元钱放下，上了车……

我妈妈已哭得昏厥过去，不能陪梁大娘一家上火车站了。战士们把东倒西歪的我，扶进了吉普车……

走了！从沂蒙山来的祖孙三代人，就这样走了！

啊，这就是我们的人民，我们的上帝！

尾 声

赵蒙生讲述的往事，已深深把我打动了。

我们啜泣着，谁也不再说话。

良久的沉默过后，赵蒙生擦了擦发红的泪眼，声音发涩地对我说："就是因为那些，三年多来，我一直把梁大娘视为亲娘。我每月领到薪金后的第一桩事，便是给梁大娘写一封问安的家信，并汇去三十元钱。自然，我是有条件一次给大娘汇去上百元，甚至几百元的，但我没有那样做。我知道梁大娘并不稀罕别人的钱，我之所以这样，是为了让大娘得到些精神上的安慰，让她老人家时时知道，边防线上还有一个她当年用奶汁喂大的儿子，还月月没忘了向她老人家尽一点点孝心呀！可眼下，大娘她……"赵蒙生拿起放在桌上的那一千二百元的汇款单，用手拍了下头，"为啥？大娘为啥把钱全给我退回来了？难道大娘一家的生活，真的不需要点添补吗？不是，不是啊……"

段雨国望着我，轻声说："去年春天，我那阵还在九连当文书，连里推选我当代表，让我和教导员一起，专程去沂蒙山看望过梁大娘一家。由于实行了生产责任制，经济政策放宽了，梁大娘一家不再为吃犯愁了，穿得也比过去好些了。但是，我和教导员也都看到了，大娘家铺的炕席，竟有十几处补着蓝布补丁。大娘和玉秀，连领新炕席都舍不得花钱买呀！"

"为啥？这到底是为啥？"赵蒙生面对汇款单，又大声自问，"难道大娘是不宽恕我这不肖子孙吗？不会，不会的！再说，这三年多来，我没啥事瞒着过大娘呀……"

"那是绝对不会的！"书记段雨国对赵蒙生说罢，转脸对我说，"李干事，你回山东后快去采访梁大娘吧，梁大娘真是有颗菩萨般的慈母心啊！去年春上，我和教导员去看望她老人家时，甭提大娘对我们有多好啦。吃，她怕我们吃不好；睡，她怕我们睡不宁。顿顿尽力给我们做好吃的，还悄悄把那下蛋的母鸡也宰了两只！不然，我和教导员还会多住两天的，怕再住下去把大娘累垮了，我们才不敢多停留。"

赵蒙生对段雨国说："小段，你再帮我琢磨琢磨，大娘她为啥把钱全给退回来啊？"

段雨国长长的睫毛忽闪了两下："前几天，我读过一篇小说。小说中的主人公说过，'接受施舍会使人变得卑微，被人怜悯是最痛苦的事情。'梁大娘和韩玉秀是很有骨气的人，会不会……"

"啥?!"赵蒙生霍地站起来，一把抓起段雨国胸前的衣扣，"你这小知识分子，你说的啥?! 你……你……"

面对骤然狂怒的教导员，段雨国结结巴巴地说： "教导员，我……我……"

赵蒙生放开段雨国，满脸火辣猩红："施舍? 怜悯? 别说我小小赵蒙生，我要放声问，谁，谁有权力施舍梁大娘?! 谁，谁有资格怜悯梁大娘?! 天经地义，她早就应该过上好日子，顺理成章，她有权利也有资格享受幸福的晚年!"

说罢，他一下坐在椅子上，两手按着额头，又痛苦地沉默了。

段雨国低下头，自责地说："教导员，我……我说错了。"

吃晚饭的时间早过了。这时，通信员进来送给赵蒙生几份报刊和一封信，催我们去吃饭。

赵蒙生拆开信看了会儿，把信递给我："你，看看这封信吧。"

信是赵蒙生的母亲吴爽同志寄来的。大意是：柳岚这次超假，确系患病。柳岚患的是急性肺炎，已住院二十天，绝不是通过关系开啥病假条欺骗组织。这，她当妈妈的愿以老党员的党性来证实。信中说柳岚现已病愈，近几天便可归队。但说柳岚的思想问题仍很严重，一心想脱军装回城市。当妈妈的希望赵蒙生不要光靠吹胡子瞪眼，要多做柳岚的思想工作。吴爽同志在信中还写道，她已办了离休手续，过些天她准备起程到沂蒙山，去看望梁大娘一家……

见我看完信，赵蒙生说："去年夏天，柳岚从军医大学毕业时，一心想分配到爸妈身边。我和她进行了反复的思想交锋，甚至闹到要离婚的地步，她才不情愿地来到这边防前哨。在这件事上，我妈妈还是起了好作用的，她提前把柳岚要回城市的后门全堵死了。我对柳岚的态度，也许有些过火。别说她，就是我本人又怎样呢？我也毕竟是生活在现实中的人啊！三年多来，在脱不脱军装转业回城的问题上，我也动摇过，彷徨过。但是，一想起牺牲的烈士们，一想起梁大娘一家，我就感到无地自容。不过，要让柳岚也在这里待下去，看来是难，难哪！"

我在营部住了一夜。九连的营房离营部只有一溪之隔。第二天，赵蒙生带我来到九连。

头午，我召开了个座谈会。过午，全连停课采集花卉，我也参加了。

明天是清明节，九连要用鲜花扎成花环，敬献到烈士墓前。

云南边陲，四季花事不败。清明前后，又是花事最盛的时节。山上山下，路旁溪边，到处是花儿绽蕾舒萼。风里飘着幽香，空气里含着甜汁。傍晚时分，采集花卉的战士们汇集到溪边来了。

晚霞映照着从深山中流来的一泓清溪，溪中溢红流彩。大家坐在溪旁，用火红的攀枝，洁白的山茶，金黄的云槐，天蓝的杜鹃，还有一束束颜色各异的野花，扎成一个个五彩缤纷、群芳荟萃的花环。然后，大家把扎好的花环立在溪中，将一串串珍珠般的溪水，洒落在花环上……

段雨国从营部跑过来，对赵蒙生说："教导员，梁大娘来信了！信我已看了，那汇款单的事……干脆，让李干事先看看吧！"

我接过信，读起来：

蒙生：

你身体好，同志们的身体也都好吧！

每次给你回信，都是玉秀写。这次因为大娘要说到她的事，就让俺村小学的孙老师给俺写这封信。

前两天，大娘托人到邮局把你三年多来汇给俺的钱给你寄回去了，总共一千二百元，你收到了吧？

蒙生：俺村老少没有不夸你的，说你心眼好，一直没忘了你大娘。大娘把钱给你寄回去，你可别多心呀。

一是因为大娘家的日子，现在是确实好过了。公家每月发给俺、玉秀、盼盼每人五元钱，合起来就是十五元。加上现在搞责任田，大娘一家三口包的地，收的也不少。村里有拥军优属小组，你大娘家包的地，都是种时先种，收时先收，不等俺和玉秀动手，他们就抢着给干了。老解放区，有这么个传统。现在你大娘不但不欠钱了，左邻右舍急着用钱时，还常常从你大娘这里拿几块呢！

二是前线上一直还不安稳，你们风里雨里站岗放哨，多么不容易啊！三喜当连长回家时对俺说过，连里有不少战士有困难，家里遇上啥病呀灾的，有的战士就犯难。可三喜那时手头上紧巴，拿不出钱来帮他们救急。所以大娘掂量来掂量去，还是把你三年多来寄来的这一大笔钱给你寄回去。万一哪个战士家遇上难处，你把这些钱铺排在他们身上，让他们安心保国，大娘觉得更合适。

蒙生：往后你可千万别再给大娘寄钱了。你心里有你这个大娘，大娘俺就觉得啥也有了。

另外，去年大娘打信跟你要柳岚的相片，你寄来了。大娘一瞧她那俊眉俊眼的模样，就喜得受不了，你来信说她在前线不安心，你说她的那些话，大娘俺不依你！你可别虎二呱叽地老训她。女人家比不上你们男子汉，夜里你可别让她也去站岗！别说她是城里长大的，连俺玉秀都说，让她在那深山老林里住，她夜里都害怕。这些，你可得依着大娘的话去办！

再就是，这些日子大娘遇上了顶欢喜的事，玉秀的事已有着落，见眉目了。俺村里有个民办教师小陈，两年前他父母都过世了。小陈还没成家，他和俺玉秀是同岁。小陈心眼实，人长得也受看，配俺玉秀正合适。村里人撮合着要把玉秀许给小陈，小陈挺愿意，还说要上门来养俺的老。可就是玉秀心里还总惦念着三喜，一直不点头。也算巧了，你妈最近来信说她退休了，就要来看俺，俺本不想让你妈来回破费，但眼下俺盼着你妈来。她来了让她开导开导玉秀。只要你妈一来，大娘俺不管玉秀她点不点头，由俺和你妈给她做主，立时就欢欢喜喜地把她的婚事办了。

到那时，你大娘这辈子就啥心事也没有了，没有了……

…………

朝阳，头顶着一抹橄榄色的云冠，露出了慈祥的笑脸。霞光给青山绿水披上了斑斓的彩衣。

赵蒙生带领着九连全体同志和我，抬着一个个用鲜花编织成的花环，徐徐来到烈士陵园。

大家把花环一个个敬献在烈士墓前。

松柏掩映的烈士陵园里，到处有人工精心培育的花丛。在梁三喜烈士的墓前，是一簇叶茂花盛的美人蕉。硕大的绿叶之上，挑起束束俏丽的花穗，晨露在花穗上滚动，如点点珠玉闪光……

和梁三喜烈士的墓碑并排着的是：九连副连长靳开来烈士的墓碑、八二无后坐力炮班战士雷凯华烈士的墓碑、不满十七岁的司号员金小柱烈士的墓碑……

默立在这百花吐芳的烈士墓前，我蓦然间觉得：人世间最瑰丽的宝石，最夺目的色彩，都在这巍巍青山下集中了。

1982 年 5 月 20 日—6 月 19 日草稿于北京

1982 年 7 月 5 日—7 月 18 日抄改于北京